CW00536553

Né en 1926 à Béni Saf (Algérie) d'une modiste d'origine espagnole et d'un coiffeur français qui ne l'a pas reconnu, Jean Sénac a rapidement intégré un cercle intellectuel et collaboré à des revues poétiques. Son premier recueil est publié par Albert Camus et préfacé par René Char en 1954 chez Gallimard qui publiera en 1968 également *Avant-corps*. Entre 1954 et 1962, il a vécu en France, mais est resté proche de ses amis algériens et a soutenu leur lutte pour l'indépendance. De retour à Alger, il commence par prendre une part active aux mouvements intellectuels et littéraires, en animant une émission de radio. Mais sa personnalité, son homosexualité dérangent. Il meurt assassiné dans la nuit du 29 au 30 août 1973 à son domicile. Les œuvres poétiques de Jean Sénac ont été réunies et publiées par Actes Sud en 1999. Le présent recueil n'avait, lui, paru que chez un petit éditeur : il reparaît ici dans une version revue et augmentée d'inédits. Les éditions du Seuil publient parallèlement sa biographie, *Jean Sénac, poète et martyr* par Bernard Mazo.

Présentation

La réédition de *Pour une terre possible*[1], uniquement dans son volet « Poésie » revu et augmenté, nécessite une réécriture de sa présentation initiale. À côté du critique littéraire et d'art, du dramaturge et du romancier – aujourd'hui relativement édité et reconnu par la critique –, Jean Sénac (1926-1973) a été essentiellement un poète ayant composé de nombreux recueils, vite abandonnés au profit d'autres, refusés ou publiés par ses éditeurs devenus amis. Et rarement corrélation et continuité s'imposent entre toutes ces œuvres et l'existence de leur auteur.

Ainsi, les présents recueils restés longtemps inédits, outre l'itinéraire cyclique d'une vie, relatent aussi avec récurrence une rare amitié d'hommes. Jean Sénac y manifeste une fidélité et une gratitude à l'égard notamment d'une « Trinité essentielle »[2] : son maître en philosophie Albert Camus, son maître en poésie René Char et son maître en art de vivre, le peintre Sauveur Galliéro.

Sénac rencontre pour la première fois Camus (qui lui fait découvrir Char en la circonstance) les 2-4 mars 1948 à Sidi Madani, près de Blida[3]. Il le prend alors à témoin (ainsi que de nouveaux amis, tels Jean Cayrol et

---

1. Paris, Marsa, 1999.
2. L'expression est employée par Sénac dans des correspondances de la période 1949-1953.
3. Sur ce sujet, voir Jean Déjeux, « Les rencontres de Sidi Madani (Algérie) », in *Revue de l'Occident musulman et de la Méditerranée*, Aix-en-Provence, n° 20, 2ᵉ semestre 1975, pp. 165-174.

Mohammed Dib) dans deux ensembles poétiques émergents, *Sept Poèmes de là-bas* (1948) et *Genêts main plage et autres mots* (1949). Ces ébauches annonciatrices d'une permanente rupture l'éloignent surtout d'un néo-Parnasse obsolète et de ses lectures adolescentes bercées des effluves de Verlaine, d'Apollinaire et d'Edmond Brua, sans oublier l'écho assourdissant d'une foi catholique en crise perpétuelle esprit/chair.

À ce duo gémellaire Camus-Char qui l'aide à entrer en littérature en publiant et préfaçant ses *Poèmes*[1], Sénac rattache définitivement sa double filiation : de Camus, on retrouve échos lyriques et résonances sensuellement païennes dans toute sa poésie ; de Char, Sénac bénéficie d'une poétique au service d'une pensée allusive, nourrie d'expressions lapidaires et d'images abstraites, souvent à double sens ou à sens ambigu. En atteste le recueil dédié à eux deux, *Fortifications pour vivre*, entamé partiellement à Alger en mars 1950 et achevé en majorité à Paris en août 1952. Cet ensemble est resté inédit en raison de la publication du volume *Poèmes* (textes de 1948-1952) d'une thématique en partie voisine : la noblesse de la souffrance par une solitude de chair (entre autres, l'échec d'un amour pour Michèle Ombla, pseudonyme d'une personne réelle dénommée « fiancée mythique », écrit le poète à Char[2]).

Parallèlement à l'éveil d'une identité politique à partir de 1950, Sénac se libère progressivement de son désordre charnel, empreint encore de religiosité chrétienne. Avec Galliéro et quelques amis (dont des « Arabes »), il mène une vie de bohème et de jouissance perpétuelle en des lieux précis : plages environnantes et môle d'Alger, cafés

---

1. Paris, Gallimard (collection « Espoir », dirigée par Albert Camus), 1954. Avant-propos de René Char.
2. Lettre de Sénac à Char, datée de Paris, 4 octobre 1950, éditée partiellement in *Jean Sénac vivant*, Paris, Éditions Saint-Germain-des-Prés (collection « Les Cahiers de Poésie 1 », n° 4), 1981, p. 77.

maures et jardins de « Bab-el-Oued aux jeunes loups de bronze »[1]. Le poète relate quelque peu cette géographie expérimentale, qui l'aide à émanciper sa sexualité, dans *L'Atelier du soleil*. Élaboré presque en totalité à Alger à partir de février 1954 et achevé à Paris en octobre 1954, soit deux ans après son premier séjour, ce recueil est rapidement délaissé après le déclenchement de la guerre d'Algérie, le 1er novembre 1954, laquelle verra prédominer largement un Sénac militant.

Fortifications pour vivre, L'Atelier du soleil[2], deux recueils d'apprentissage qui présentent, outre d'évidentes similitudes externes, les prémices des thèmes majeurs chers à l'auteur, à savoir l'amour sensuel conjugué, en filigrane, avec le politique (« Ô mon peuple naissant »). Cette écriture binaire se poursuivra durant toute la guerre d'Algérie (1954-1962) puisque, au regard d'une parole engagée dans le combat (*Le Soleil sous les armes*, 1957 ; *Matinale de mon peuple*, 1961), persiste un propos érotique encore en suspens (*Les Désordres*, 1954-1956 ; *Poésie*, 1958-1959 ; *Le Torrent de Baïn*, 1960-1962 ; *La Rose et l'Ortie*, 1959-1961) et le présent *Diwân de l'inespérance*, écrit en plein désarroi politique et sentimental début juin 1958 à Paris et resté inachevé jusque dans sa nomination[3]. Le diptyque en question sera totalement réconcilié et accompli en Algérie indépendante « Car la Révolution et l'Amour ont renouvelé notre chair »[4].

---

1. Jean Sénac, *Les Désordres*, Paris, Librairie Saint-Germain-des-Prés, 1972, p 73. Repris in *Œuvres poétiques*, Arles, Actes-Sud, 1999, p. 195.
2. Ces deux titres sont extraits de l'avant-propos de Char pour le recueil *Poèmes, op. cit.*
3. Ce petit recueil ne comporte pas de titre définitif, mais seulement trois projets figurant en marge d'un poème. Avec l'accord de Jacques Miel, fils adoptif et exécuteur testamentaire du poète, l'un deux a été choisi : *Diwân de l'inespérance*.
4. Jean Sénac, *Citoyens de Beauté*, Rodez, Subervie, 1967, p. 15, et Charlieu, La Bartavelle éditeur, 1997, p. 15. Repris in *Œuvres poétiques*, *op. cit.*, p. 404.

Dès son retour en territoire libéré, Sénac met « naturellement » sa passion christique au service de sa jeune nation et de son peuple, par l'action en accord avec l'écriture. « Personnalité officielle »[1], il devient circonstanciellement un « poète laudateur »[2] dans *Diwân de la conscience populaire* (1962-1963), un recueil en gestation dont ne sont publiés – « au profit de MM. les députés de l'Assemblée nationale constituante » – que deux poèmes composant la plaquette *Aux Héros purs* (octobre 1962).

Mais Sénac retourne vite à l'Amour-la-Révolution en réalisant une synthèse qui les sublime dans *Citoyens de beauté* (poèmes de la période 1963-1966) puis dans *Diwân du Môle*. Ce recueil regroupe des textes de 1956-1957 mais redistribués, voire réécrits pour certains, à la fin de 1965 en vue d'un projet d'édition inabouti. Après ses multiples manifestations du « Dehors » et à la veille de son passage à la rive de la quarantaine avec son impérieuse nécessité de retrouver un Corps-être-langage qui n'a cessé de l'interpeller, le poète procède dans ce volume à la conjonction de son long engagement politique, désormais révolu, avec ses lancinants questionnements sur le désir de l'autre, le mystère de l'origine et son perpétuel devenir d'Algérien à part.

Apparaissant désormais en permanence comme une transfiguration (un « transfiguratisme », écrit-il) de ses expériences de chair et d'écriture, le poète transcende ses nouveaux « corpoèmes » (intitulés de ses nouveaux recueils) dans *Avant-corps* (1966-1967)*, Le Mythe du sperme-Méditerranée* (1967), *À corpoème* (1968) et *dérisions et Vertige* (1967-1972). Entraîné dans une prodigieuse et métamorphose réalité jusqu'à instaurer sa

1. Auguste Viatte, *Histoire comparée des littératures francophones*, Paris, Nathan (collection Nathan-Université-Littérature française), 1980, p. 144.
2. Mostefa Lacheraf, « L'Avenir de la culture algérienne », in *Les Temps modernes*, Paris, n° 206, octobre 1963, pp. 731-734.

propre mythologie, Sénac la clôt avec *Marches d'Hélios corpoème*, écrit essentiellement à Alger entre 1967 et 1973. Dans une Ikosia (Algérie) à la fois adulée et honnie s'achève le parcours d'un homme retrouvant la Trinité de sa jeunesse dans un destin se révélant plus que jamais problématique par ses contradictions vraies comme dans l'équilibre recherché des contraires.

Enfin, ayant toujours écrit sur l'art poétique des autres, Sénac n'a cessé de méditer sur le sien, ne serait-ce que par ses préfaces à presque tous ses recueils. La présente *Théorie du corpoème* (1972-1973), inachevée, expose les dernières réflexions d'une introspection où le langage constamment remis en cause jusqu'à sa légitimité conjugué à l'érotisme élevé au rang de métaphysique des sens sont autant vécus que redéfinis.

Hamid Nacer-Khodja
Université de Djelfa – 2013

SEPT POÈMES DE LÀ-BAS[1]

1. Ces sept poèmes de là-bas ont été dactylographiés en 9 exemplaires destinés à la mère de l'auteur, à Charles Aguesse, Pierre Anselme, Albert Camus, Jean Cayrol, Mohammed Dib, Sauveur Galliéro, Brice Parain, à l'auteur.

Sidi-Madani, 26 février 1948,
Sana de Rivet, 13 mars 1948

À quelques-uns qui savent ces cris

« Voilà pourquoi votre vie restera difficile : voilà pourquoi
aussi elle ne cessera de prendre de l'ampleur. »
Rainer Maria Rilke

À Jean Cayrol

Les mots roulent dans la chair
comme des galets bien ronds
comme des cris polis
une langue de fond

Tes mots sont des mots sans phrases
qui savent jouer à vivre

La mort a coupé le pain
dès qu'il est entre nos dents
sur les lignes de la main
les arbres tremblent d'oiseaux

Cœur plumier de l'arbre en fête
trait dans le cahier de ciel
les plus sages ont triché

Et maintenant je te parle
comme celui que l'on sait
ma mère une serpillière
le journal un oignon cru
sur ses lèvres la lumière
et mille saveurs sans goût

Et dans ses cheveux l'oiseau
qui fait son lit de misère
et le soleil qui tricote
un linceul de soie passée

Tes mots sont des mots de sang
pour la mère et pour l'enfant

Les mots droits qui se faufilent
entre les feuilles les mains
les mots proches éclatés
dans la gorge avant le cœur

Moi je les connais tes mots
lorsqu'on les fait trop parler
ils ont des sueurs d'homme.

À Francine et Albert Camus

Il est resté dans la gorge
la mort seule le connaît
c'est toujours la même histoire
on l'attend il ne vient pas

Il est resté dans la gorge
comme un galet rond et dur
qu'on salive sans broncher
les paroles bleues le couvrent

Un seul mot le seul vivant
qui met la rouille à ton front
geste plus haut que la voix
mais ton orgueil nous ramène
dans la gorge si profond

La solitude personne
entre tes doigts transparents
ne l'a vue comme une gifle

À la table de l'auberge
pour nous deux le pain coupé
un caillou qui dégringole
dans la gorge sans arrêt

Pour la mort et le plaisir
pour la naissance le doute
un caillou qui prend sa route
plus loin que son avenir

Dans ta chair un monde nu

Un caillou longtemps poli
ceux qui le prennent se coupent.

À Nathalie et Brice Parain

La main qui ne dit pas ses mots
la main serrée qui sue ses mots
la main qui parle à pleine main
où est la main

Le torrent la fleur l'écho
l'insulte crispée sur la pipe
la lettre douce le phono
tout se tait
la main traîne comme un caillou
parmi les paroles éteintes
ce sont des phrases à genoux

Dans ses dix doigts de porcelaine
comme un thé l'amour est trop clair
l'amour tranquille d'autrefois
l'amour de l'ami de la mère
et l'autre qu'on ne saura pas

Les yeux cernés les ongles sales
tout est si loin dans ce présent
on ne parle plus au torrent
tu as peur que l'eau te réponde

Les objets sont-ils innocents
la main très douce les étrangle

Les veines bleues n'ont plus de sang
les visages n'ont plus de nom
où est la main
le doigt tendu
l'air attendu

Le torrent gronde il est muet
la main s'amuse dans sa plaie.

À Mohammed Dib

Un ciel qui fait peur aux cigognes
l'odeur du thé collée aux murs
tes espadrilles leur insulte
aux tapis aux phrases aux noms
un geste maladroit ton rire
tu n'es pas prévu dans le puzzle
va-t-en

Va-t-en plus loin ta mère attend
les mots que ceux-là te refusent
dans un tournoiement de falaises
sur un chemin de litanies
la vraie vie aux lèvres charnues
aux yeux cernés aux mains salies
va-t-en il est encore temps

La lessive on lave la vie
la cuisine au bois on la frit
les larmes dures on la pétrit

Ta mère que tu sais gifler
avec tant de secrète honte
et ton amour qui te sépare
de toi fruit lourd si mal coupé

Va-t-en le sang caillé t'attend
et la joie sur la joue comme une larme ronde

En toi la vie au bout du monde
et ton regard qui ne peut rien
pas même caresser un chien

Va-t-en
il est expédient pour vous que je m'en aille.

La bave du torrent l'entrave
le secret sauvé pour toi seul
sur l'aloès un vieux canif
qui trace un nom sans importance

Et le nuage qui descend
dans la vallée dans le regard
rouge de boue et de désir

À tes lèvres la solitude
se colle avec un rire dur
le vol facile des moineaux
le plein sensuel des olives
le cliquetis joyeux de l'eau
devant leur rêve te replacent

Rien n'est plus vivant que ta voix
ta vie recluse s'éparpille
goutte à goutte dans chaque mot

Le café maure les enfants
l'hôtel le ruisseau le bouton
la veste sale les chaussettes
tu traverses tes souvenirs
comme des objets sans raison

Plus nu étonné tu t'enfonces
en toi sauvé le seul ami
si vrai si pur dans son mensonge

Le soleil et l'eau tes paupières
on ne sait plus quelle est la pierre
on ne sait plus quel est le sang

La route s'enroule à la chair
le cactus s'accroche au front
tu vis dans la veine des terres
on ne sait plus quel est ton nom.

À Pierre Anselme

Tes larmes le drap mordu
où t'en vas-tu d'où reviens-tu
silence
que t'ont dit Cayrol et Camus
fini le temps de tes vacances
le goût de fruit le goût de fil
la fleur a perdu son pistil
patience

L'étoile d'une main le sang
le sang fané des innocents
les yeux jouant le jeu des billes
dans ta pensée le monde absent
d'où reviens-tu

Le thé les livres les propos
le pied trempé dans le ruisseau
la boue comme une cicatrice

La terrasse où d'autres parlaient
toi seul ici suçant la vie
la fleur qu'on nomme vinaigrette
son suc acide sur ta langue
qui tue les mots

Fragile et nu
d'où reviens-tu

Sauvé perdu
où t'en vas-tu

Où s'en vont-ils
Camus Cayrol
et leurs paroles
à fleur de peau
Ne réclamez jamais plus qu'on ne peut donner
est-ce ma faute si j'ai faim

Boulanger de l'amour des autres
étranger parmi ses apôtres
le pain pétri dans la sueur
des mains des cœurs
est-ce ma faute si j'ai peur

Une gare des aloès
Madani un nom qui se blesse
lait bleu cœurs vides joie perdue

L'enfant prodigue où s'en va-t-il
pour quel retour pour quel exil
pour quel départ quelle arrivée

Égaré parmi les cactus
son doigt saigne sur le buvard
sang noir
lavé
perdu
gagné

Personne ne l'a vu
ceux qui savent ne dites rien.

Ses mains noires et crevassées
ne caressent plus mes paupières
le poing tendu de la jetée
la bicoque au bord de la mer
la boue le rire la purée
ne me reprochent plus ces vers
où suis-je donc
nul ne le sait

Tu ne peux pas me renseigner
je ne peux même pas répondre
à tant d'appel qui m'envahit
suis-je déjà d'un autre monde
lointain avant d'être parti

Dans mes yeux chaque image gonfle
sa voile pour un vieux départ
le sel ne lève jamais l'ancre
l'ennui se cloue entre mes cils
où sommes-nous

Le soleil se vide à cinq heures
le thé remplit la tasse jusqu'au bord
l'enfant maladroit n'y prend garde
et se brûle le genou

Où êtes-vous
ni près de vous ni dans la lune
ses mains noires et crevassées
tracent des rêves sur mon front
tracent des flèches et des ronds

Je me parle dans l'avenir
et les vieilles voiles se gonflent
à faire éclater les paupières

Où suis-je donc
ça ne me regarde pas
il y a le ruisseau
des gens bien mis de belles phrases

Sur ses mains lourdes et usées
il y a l'arbre de la mer
le bel amour de notre terre
mille jetées mille misères
mille jardins nul ne le sait

Mais toi dis toi que fais-tu donc ?

GENÊTS MAIN PLAGE
ET AUTRES MOTS

Alger, 1949

À quelques-uns qui vivent ces mots

*« Mais je suis malade d'un amour indistinct,
malade à en mourir d'un amour
qui ne tend pas vers Vous. »*
Patrice de La Tour du Pin, *Psaume VI*

*« Laisse-moi aller. Je finirai par trouver
les mots qui arrangeront tout. »*
Albert Camus, *Le Malentendu*

J'écris ces poèmes pour toi, à tue-tête, à tue-haine. Fais éclater la crasse des mots, qu'ils te disent *tout* ce qu'ils portent, que leur jus coule dans ta chair sans trahir le vrai message du fruit. Ta main tremble (comme ma voix). Bientôt je sais qu'elle prendra la mienne (la sueur, la rosée et les voiles qui gonflent). L'amour extravagant, violent, difficile – et lucide (oh, si peu !) – qui fera éclater la gaine. Gosse et gauche, je chante mal mais ce que je chante est si vrai que tu pourrais l'écraser entre le pouce et l'index.

J'écris pour toi, pour nous. L'auberge est ouverte. Le soleil, le pain sur la table, le sourire d'une servante. On nous attend. Je t'aime.

Le rire étonné d'une fille
suffit à te rendre le monde
suffit à te réconcilier
avec les visages perdus

La tranche de pain sur la table
suffit à délier ta faim
suffit à renouer ta langue
suffit à rendre leur présence
à tous les objets quotidiens

L'amour comme un cornet de frites
qu'on mordille du bout des dents
suffit à couler dans le sang
le goût de joie des innocents

Belle amertume au bord des lèvres
un silence qui dit plus long
que tous les disques entendus
le regard bleu d'un inconnu
suffit à te rendre la vue

Dans l'univers où nous rêvons
il a suffi de peu de chose
pour t'inclure dans chaque nom
dans chaque bras qui se repose

Il a suffi d'un regard
il a suffi d'un silence
il a suffi de l'ignorance
il a suffi d'un maigre espoir

Mais dans tes veines qui se vident
du vin du lait cri de bonheur
rien ne pourra jamais suffire
à délier ta solitude.

Un vendredi qui se taisait
qui n'osait pas aller plus loin
que l'agonie du bon larron

Un jour perdu parmi les jours
un mot vendu par d'autres mots
un soleil qui n'avait plus d'aube

Un vendredi de ton regard
de tes lèvres qui s'entrouvraient
pour que ma langue les réchauffe

Un vendredi de caillou sale
de sel de suie de seaux de malles
bien collé à la vertébrale

Un vendredi de tous les jours
sans plus de joie sans plus d'amour
chacun sa croix chacun son tour

Un vendredi qui se nouait
et se dénouait sous les gifles
un vendredi couleur d'été

À goût de pierre à goût d'olive
à goût de pain de vin d'ogive
à goût de chair à goût de plaie

Un vendredi sauvé le nôtre
sur sa poitrine un bel apôtre
avait laissé des cheveux blonds.

J'en tresserai la corde pure
le bol de lait la coupe dure
où vient boire le centurion

Un vendredi de l'innocence
du sang semé de l'insolence
du coup de dé du coup de lance

L'épine germe sous le front
le temps de la Parole est clos

Voici l'homme.
Rendue encore plus limpide
après sa course dans la boue
la fleur qui monte dans ses veines
elle était morte elle est debout

Personne ne l'a reconnue
la bure a gercé ses épaules
on n'en veut plus

Ses yeux s'enfoncent dans la vie
comme un chemin creux
dans son regard le soleil tremble
avant de fondre dans la chair

La mort l'a rendue solitaire
elle est absente parmi nous.

DISQUES DE L'ENFANT PRODIGUE
(Intermède)

> « Mais, vrai, j'ai trop pleuré.
> Les aubes sont navrantes. »
> Arthur Rimbaud

1 [1]

La dure vie le gai refrain
qui moud sa poisse dans les reins
tu n'oses plus dire je t'aime
il est trop tard le bruit s'éteint

La dure vie le mot d'un gosse
on court on court la piste est fausse
la borne s'arrête au matin

La dure vie le pur instinct
elle réclame ton visage
son œil a trouvé dans le tien
la clé pour voir enfin les choses
qui donc t'a mis dans le pétrin

---

1. La numérotation des pièces de cet « intermède » n'est pas de Sénac. Elle a été ajoutée pour faciliter la lecture.

La dure vie la lèvre offerte
ton refus dans la rue déserte
lézard au mur et dans le dos

La dure vie le rire étrange
si tu voulais on veut tout change
la nuit bascule avec la voix

La dure vie la vie à suivre
quelle insolence te délivre
un doigt qui s'ouvre sur le givre
cette fleur d'ongle cette croix

La dure vie la vie à vivre.

2

Il sourit quand tu le questionnes
il rit quand il se passionne
pour qui
la nuit roule sur sa langue
tous les rivages du ciel

Il gratte en vain les murs pour y trouver du sable
pour dénicher la mer le slip les coquillages
pour rouler dans les vagues
pour découvrir l'appel

Il sourit quand tu raisonnes
ta tendresse le passionne
il meurt à chaque désir

Ses yeux sont pleins de visages
sa main cherche des passages
il n'a que dix coquillages
ses ongles rognés
veux-tu les sentir

Pour un rien il se révolte
son sang sa seule récolte
tu ne peux pas la saisir

Il sourit quand tu t'abandonnes
mais il n'est pas heureux

Il essaie seulement
comme toi.

3

Au bord humide encore un œil
qui tombe encore un deuil
et tous les chevaux piaffent
encore une chanson de Piaf
encore un désir piétiné
encore une langue enroulée
à ton cou encore un œillet
encore la vie qui suinte
des murs
encore des plaintes
des blessures
des souillures
et la joie qui vous fait un pied de nez
comme un gosse
des romans à n'en plus finir.

Au creux limpide encore un œuf
qui tombe
et le monde qui tourne.

4

Plus bas que notre amour il y avait le monde
et juste au-dessus
Dieu

J'ai trop rêvé je ne sais plus
si ce que j'écris n'est qu'un songe
un abcès crevé un obus
pour elle j'ai pressé l'éponge
la ronde du nouveau venu
juste au-dessus

Plus bas plus bas la corde lisse
la cordelière l'accordée
je joue avec des mots qui crissent
pour ignorer
l'amour la mort la chaude-pisse
la vérité.

Juste au-dessus pétale rose
jouons voulez-vous à jouer
un tas de chaux un tas de choses
que je ne saurais pas nommer

Ceux qui m'ont aimé furent-ils
ceux qui pourraient m'aimer m'ignorent
les mots mages les maux subtils

m'ont tant poussé dans cet exil
que j'y prends goût adieu ma Laure
adieu fée mûre fellah maure

Juste au-dessus
entre tes cils
Dieu
n'est
plus
mais
tu
nais.

5

Désordre furibond des fanfares fossiles

Le cri vain
l'écrivain

Je joue
mais je constate
et pendant qu'on se tâte
ils meurent.[1]

« *Tenia la lengua de jabon*
Lavo sus palabras y se callo. »
Federico García Lorca

Sana de Rivet – Alger,
février 1948 – août 1949

1. Cette dernière strophe a été intégrée dans le recueil *Les Désordres* sous
le titre « Le coup de circuit (1949) » avec la variante « je ris » au lieu de
« je joue ».

FORTIFICATIONS POUR VIVRE

Poèmes

À Albert Camus et René Char,
Hommage et Reconnaissance
J. S.

« *Soleil, large comme un pied d'homme!* »
Héraclite

« *Voilà pourquoi votre vie restera difficile*
voilà pourquoi aussi elle ne cessera
de prendre de l'ampleur. »
Rainer Maria Rilke

« *Aujourd'hui nous voyons au moyen d'un miroir,*
d'une manière obscure, mais alors nous verrons
face à face. Aujourd'hui je connais en partie,
mais alors je connaîtrai comme j'ai été connu. »
Saint Paul aux Corinthiens [1]

---

1. Souligné par Sénac.

PUITS CONFIDENT

Chardons qui souriaient
la mère
qui lavait une serpillière
l'enfant qui récitait son mal
litanies de la fourrière.

Tout un monde dans sa main
que personne ne voyait
et son étoile fixe
son regard fixe
sa voix dure
son pèlerinage manqué

Présent passé tout l'avenir
se dédoublait dans un sourire

Supplice de l'arbre debout
dans la gloire des orties
et sa présence nette
au milieu de l'orgie

Passé présent dans ce puits malade
ne vivaient plus que des grenouilles
avec la même lave de mots

L'enfant se regardait souvent dans les fougères humides.

CHEMINS DE L'ARBRE

À Sauveur Galliéro

LES INCOMPATIBLES

Salut à celui qui danse et s'écroule
dit l'enfant de sable.

Salut au prince immobile
lui répond l'écho

Alors caché dans les roseaux
il ouvre une noix de coco
et il pleure l'enfant do
en buvant ce lait de terre
qui ne parle pas
cette transparence
qui invite la voix
au silence
cette absence au milieu de soi.

CHŒUR DES ADOLESCENTS

Nous avons vaincu par l'amour
ô mon aimée les guirlandes sont prêtes.

Ici les oiseaux font éclater leurs tiges
pour un long dialogue avec la nuit
l'homme est dénudé de la parole
le pain rompt sa saveur dans la bouche qui fane
mais les gobelins sont tenaces
ils installent leur magie
dans les fougères
à l'abreuvoir.

Révolté ô cendre de muette
l'œil vigilant
la main possible
qui osera les refuser.

Le lait tiède sous le boisseau
invente pour notre victoire
un sein déjà miraculeux.

Nous avons vaincu par l'amour
gorges blanches gorges
battoirs du matin
ô vignes !

LE PRIX D'UNE TELLE INDIGENCE[1]

pour Baya

Il faut pour te parler un silence de roche
une attente affinée de tendresse d'erreur
un duvet de souveraine
où s'éveille la vigueur.

Il faut aller très loin dans l'honneur de tes lèvres
t'élever connaissance à la hauteur du pain
arracher la terre où tu règnes
à ses fauteurs de servitude
tout cela ô combien légère
pour que tu viennes enfin dépouillée de tes rêves
révélée feu tranquille et nid prestigieux.

Le prince est retrouvé
il se lève lavé du sacre de tes forges
porteur habile de bonté.

Ô lucide ô très vénéneuse
fillette aux bandeaux rouges verts
fillette sûre éjectée de l'angoisse
courant parmi les aloès
tordue de certitude ô mon peuple naissant
tu sautes à perdre cœur

1. Publié dans *Soleil* (Alger), n° 3, juillet 1950, et *Algérie littérature / Action* (Paris), n° 17, janvier 1998, p. 36.

tu ranimes l'audace
tu tires la raison de ses châles frileux
tu tiens le dur éclat miroir de la conscience
où l'homme se découvre identique à son dieu.

Sur tes mains libérées des bijoux tyranniques
stigmates du printemps
les coquelicots nous retiennent

Va
chante
le matin chasse les eaux fétides

Servante libre
joie fidèle
la cruche tinte entre tes doigts.

CÉDILLES POUR UN RASOIR

À Charles-Henri Girard

MIMIQUE

C'est criminel de parler en toi quand il n'y avait qu'une petite clé sirupeuse. Mais on a bu le crime et sur les bords de la conscience les estaminets ont fleuri. Ah, ces soirées de rasoir téméraire, ces miroirs qui crevaient les fruits ! Et l'homme – ses lèvres tuméfiées étaient soudain rosaces, cathédrales du haut-lavoir. Les vierges à l'encan, les vulnérables du trottoir magnifiaient la vertu. Le feu multipliait le lézard et la laine. Qu'on était heureux sous les porches… Mais le mardi gras des limaces a remis en solde l'épi. Tout est à refaire à partir de la vérité.

BOMBARDEMENT D'ALOUETTES

À coups d'ailes vénéneuses, d'arquebuses marginales, de boiteuses, de boiteuses, à coups de chiqué,

à coups de cocktail des anges, de bidets fous d'entonnoirs, de sourires, de sourires, à coups de rasoir,

à coups d'étoiles sans souffle, de coquelicots savants, de cordonniers, de cordonniers, à coups de rois fainéants,

les alouettes ont remonté la source.

Fou d'amour de sa présence, l'homme se baissait dans l'eau des laitues.

COYOONNS

Rappelle-toi le lait qui moussait dans tes cendres, cette purulente invasion de clarté, et Damas et Damas qui gueulait à la fenêtre son désespoir de chat frustré. Messieurs les intellectuels de Paris déclenchaient la vanne érotique des écervelés notoires, des probités cancéreuses. Et dès lors fusaient le don, le refus, les airs du Don, et tous les shakos et tous les cosaques, avec la variole des pavés qui n'effaçait rien, pas même l'eau sale.

Rappelle-toi l'attendrissant message des petites capsules pour la foi. Personne ne connaissait le poète dans cette rue des tribulations, pas même sa concierge à rames qui remontait le courant.

Rappelle-toi, c'était un entrain méritoire, un chewing-gum bien salivé, tout pétillant encore de sa dialectique. Les stigmates du discours étaient à la merci des monstres, mais seul en assumait la masse un enfant lacéré.

ÉPISODE DU RENDEZ-VOUS

Alors se leva une grande calamité. Elle avait des jambes cagneuses, un air tressé, une jupe de laine violette, des yeux de camomille, mais une voix suave d'arbres arraisonnés. Et je fus abandonné des meilleurs d'entre moi. Les ans crevèrent. Et le Pharaon me fit appeler le jour du Jour de la Boussole Bénéfique. Au septième mot je lui tapais sur le ventre. Nous devînmes les meilleurs amis de ce monde, des prospecteurs acrobatiques. Calamité avait disparu du zodiaque. Son parfum traînait dans la chambre des pustules de solitude où je me cognais le matin.

PORTRAIT D'UN QUI NE TRICHAIT PAS

Floréal et sa nuit, c'était comme une fusée qui lave la fontaine des désirs, c'était comme un chapeau melon sur le dôme des Invalides, un attendrissement, une béquille rose qui aidait la mignonne larme à sautiller dans son trou. À vrai dire, Floréal remettait les valves en place, il galvanisait les œillets, il exorcisait les grenouilles. Avec lui tout était facile. Entre ses doigts de pieds giclait tout le pétrole des Poètes.

LUMIÈRES SUR UN CAS

Il se laissa mourir de faim. On l'admirait sur les deux rives. On ne devina pas La Cause. Un ventre bien informé prétend que l'ablation de son estomac est à l'origine de cette icône. Je suis bien près de le croire, d'autant plus qu'on a trouvé dans le fleuve le dé à coudre digestif. Une relique, messieurs ! Je vois là un rapport d'étoiles.

SANS NOM

Quand les coquelicots bâtissent leur cathédrale de colère, je pense à vous, mes frères espagnols. Exil, cataractes du droit, bâillons! bâillons! qui déchirera notre honte, qui nous rendra la vérité? Millions de fleurs, d'oiseaux, et les buveurs d'eau vive, au nom de la Beauté fragile nous accusons.

Jusqu'à quelle heure, mimosas, le crime aura-t-il droit d'asile? Tant de couteaux nous font une arche de lumière... Jeunesse qui attend.

BARRICADES

Descendez la coccinelle ! Descendez la coccinelle !
Un long silence mûr cloua le seigle aux tempes.
La coccinelle restait debout dans cette orgie de roses
sales – la coccinelle et
le tournesol, éternité composée.

LAGNES

À Francine Camus

1

Miracle de la pierre qui dénoue l'offensive. L'orvet vous rendait sinueuses, ruines, princesses matinales qu'un chardon faisait battre au rythme du sommeil. La paix prenait l'ampleur des collines, et des pores épanouis, la source menait son gain vers des confidences plus strictes. L'œil était exact, le fruit vénérable. La fillette parcourait dans l'écart d'un silence toute la magie de la soleillée.

2

Pays heureux, pays des fureurs immobiles, pays de noce chuchotée, où la châtelaine qui espère parle de son seigneur au plus royal bélier. Le sourire ici s'érige en fortin de laine dure. Pays de l'exil exutoire, où le boucher tue les colombes puis va se faire assassiner. À la merci du nombre éteint, dans la saillie des oliviers, le poète est NOMMÉ vent de face.

Note :

Jacqueline, qui a lu ce poème, me dit : « Lagnes n'est pas si compliqué. C'est un village ouvert. Les gens y parlent peu et les dieux sont prodigues. »

TABLE DU TRANSPARENT

René Char de la Sorgue

Il fallait préserver cet instant, l'arracher à ses gouffres dont l'équilibre noyait ton cœur. Souviens-toi la nuit basculait. Chaque grillon portait la tiédeur à son comble. Nous parlions de ces ténèbres sans tain où le poète cristallise le souffle, éclate d'évidence et lessive le sang. Frais rasé, son bon rire se mariait au pain. L'homme tirait de son souci une fille aux seins de laitue. J'étais au bord des larmes bienheureuses. Mais parfois la balle résistante ricochait sur l'aire loyale et le torrent nous emportait vers d'imputrescibles espoirs.

Ô sa modestie prestigieuse, colère et nourriture !

Alvéolé, le prince en croix faisait crépiter les montagnes.

Salut prochaine proie des cirques, montée blanche des laves, calomnie superbe des justes ! Retrouvailles ! retrouvailles ! Le cri du serpentaire est laine touffue dans ton cœur, laine et insurrection d'amandes.

L'Isle, 12 septembre 1950

58

CE JARDIN DU TRICHEUR
QUI BÊCHE LA VÉRITÉ

1

Le poète sera celui qui, s'accommodant de la bana-
lité, fera germer sur la page cruciale le refus tendre
des alouettes, la féroce magie des fontaines. Chaussé
de fer, il éveillera le mouvement des immeubles, il
humanisera l'objet et ses frivoles défaites, il rendra aux
lèvres chétives le moteur du pain, les saisons de l'eau, il
ouvrira les paupières aux zodiaques de l'amour. Quoti-
diennement il justifiera l'évidence. Mais dans l'ordre de
la beauté, il préférera toujours un visage à son poème
le plus digne. Au midi de la justice, il saluera la feuille
blanche comme plus HAUTE que lui.

(Cerner, chaque jour davantage, l'honneur de ce
combattant exemplaire)[1]

---

1. Souligné par Sénac.

Beau joueur, poète,
ne te branle pas,
tu es domino,
sauteur dominé
par tes pirouettes,
pschitt ! poète !

3

Ne rugis pas du pain, ni de tes mots. La poésie est
juste. Elle n'aime pas les renégats.

4

Poèmes, j'ai payé pour que vous ne soyez pas seulement des strophes mais peut-être un cri résolu dans ce
grand chaos qui nous couvre. Poèmes qui m'aidez à
croire au prestige du tournesol – son audace éphémère
comme son perpétuel loisir.

LE SIÈCLE EN MARCHE

C'était si facile de s'aimer que les chevaux du Carrousel étaient le biberon des astres. Le rire, depuis, secouant les frênes, ne nous a laissé que des charançons.

OMBLA VERS LA SEINE

1

Attendue
elle déchirait les feuilles des marronniers
elle mettait des clous de girofle aux balcons de Saint-
  Germain
elle était ma pierre noire
passage clouté pour passer le fiel.

Demeurée
elle entrait dans la verve complice des brumes
elle aiguisait les chrysanthèmes à l'auréole des îlots.

Tutoyée
lèvres d'exode
ses stigmates ronds dans l'eau
elle déclenchait la rouerie des tourelles.

Nous traversions le fleuve à la nage
dans des écailles d'arlequins.

La comédie était d'une indigence dure
les pavots éclataient dans les yeux innocents.

Elle dit en serrant les nuances de l'arbre
sous son regard comme un oiseau
« les princières sont les fleurs chétives »
j'approuvais cette négligence d'astres à la dérive.

MORALE D'OMBLA

À son tour l'oiseleur est pris
au jeu tranquille de sa cage
Il n'avait pas vu son image
que lentement l'oiseau séduit.

Il ouvre l'air il pousse un cri
le temps de retrouver l'usage
de sa conscience et son visage
s'allume aux chardons de la nuit.

Pour éclairer le colibri.

GUITARE D'OMBLA

À Orlando Pelayo

Guitare
pourquoi
m'as-tu pris son oreille

Guitare
pourquoi
m'as-tu pris ses doigts ?

Elle n'entend plus ma voix
et elle me pince la chair.

Guitare
pareille au cactus
entrée dans la parenté des lézards
dans la complicité des puces.

Guitare
qui lui donnes le chant
et me laisses le bois.

Guitare ciguë
guitare tartare
guitare
pourquoi ?

MARIONNETTES D'OMBLA

1

Je t'aime je te préfère à mes pieds
disait le cul-de-jatte.

Moi mes pieds volent
vers ton ombre qui recule
je n'ai pas de répit
tu me donnes les larmes
et tu gardes les sourires
pour ceux que tu n'aimes pas.

2

Marée marée
mal amarrée
as-tu fini de divaguer
notre amour est-il ainsi fait.

Qui revient à l'aube
qui revient au soir
marée marée
noué toujours et dénoué.

3

Les oiseaux sur la grande aiguille
empêchent l'heure d'avancer
toi ton sourire
arrête le temps
mais on se sent très vieux après.

4

Le rire un tricycle sur sa bouche
le souci un cerceau repu
le sourire une vigne hésitant sur sa souche
le silence un nid corrompu.

OMBLA AU SERPENT

Je t'assure qu'il était dur de mentir et plus dur encore d'inventer la nuit pour fuir notre espace. Je criais. Les oiseaux fuyaient sous ta gorge. J'attendais en vain ta réponse, une fusée de lavandière. Ai-je connu l'amour ? Toi seule l'auras su.

Le vaisseau des camomilles gonfle ses ponts. Les cactus, derniers convoyeurs, nous apportent la transparence.

Il était dur d'être le sable et le sablier et toi sur ton visage absent, dur de souder ton rêve aux pétales mourants.

Lilas têtu, lilas vaincu par d'aimables bretelles, sauve du moins les tumeurs et les mouches, libère cet assaut chaste du souvenir. Départ aigu, départ sans brise, le signe des colombes est refusé. Nous sommes nés pour de telles rigueurs.

Allons. Tu reprendras le mensonge à son isthme. Ombla, mon épineuse, tu brouilleras le temps. Et moi j'accepterai, car n'ai-je pas sapé tes carrières profondes ?

COMME DANS UNE EAU VIVE

Un lézard ami
une eau qui réponde
le sol qui s'entrouvre
pour mieux te nommer.

le soleil qui couve
un corsage tendre
À force d'attendre
un front qui céderait
au doigt discret des sources.

Un front maternel
chenu sans légende
il aurait le poids
de la vérité.

Un front sans supplice
sans ligne meurtrière
beau comme la terre
quand elle exalte sur tes lèvres
les fruits les fièvres de l'été.

Un front sans vacance
prêt à recevoir
l'espérance roturière
qui veut bien s'asseoir

Un front transparent
sur le seuil qui parle
comme une lampe fidèle
un repas frugal

Un front comme le front de Dieu qui n'en a pas.

NOTE

Un seul mot peut déclencher
la tragédie des étoiles
un seul mot peut faire pousser
des amandiers dans le désert.

FÊTE UNIQUE

Avant de fixer dans ma chair les dures étendues minérales
la pudeur saccagée d'un visage de femme
la froide parenté des astres
avant d'établir mon royaume dans le dénuement
sœur attentive ô mort je te salue.

Je salue la pierre rendue
à l'immobile saveur du ciel
je salue ce regard que la tragédie creuse
sauvé des masques indigents
ce regard de pain sec
le trésor de l'orange.

Compagnons compagnons de l'exode sans table
compagnons me voici pauvre pour accueillir
la terrible pose de Dieu.

La couleuvre périt sur la terre innocente.

Compagnons j'ai quitté le toit
la porcelaine l'eau stériles
mais dans ce froid épais où des labours s'éveillent
une musique ride m'enveloppe.

Je la connais cette mémoire
cette tunique d'or pour les cœurs nus.

Solitude mystère aigu de la parole
je salue les jardins du jour
plus violents que les larmes
je salue cette plaie que vous me donnez à guérir
cette bague d'une alliance fruitière
ô Christ cette brutale dévastation
qui me plante comme un arbre
pour annoncer le printemps de l'éponge.

JOURNAL

J'ai tant tressé chardons de couronnes légères
tant de ceintures épinières
que me voici nu
avec mes tiges graves
sans sève gouvernante
qui cherchent dans le cœur une voix familière
dans le feu un fétu de lierre
dans la nuit fade sans tissu
la sévère douceur des agaves.

Lointaine issue quand le ciel est à l'églantine,
l'âme à ses glorieux mécomptes.

NEIGE

Blanche la neige
elle couvre les rues.

Le cœur y rue
l'âme y circule
gravement
avec mes manières d'Œdipe.

Le secret appartient aux doigts qui se sont tus
au point de désir
où le feu les coupe.

Blanche la neige
et séduite
séduisante
comme une incalculable marguerite.

Effeuillée la marguerite
blanche la neige.

QUERELLE

La braise dans l'eau
les cendres chétives
noire la pierre éternise
l'instant discret l'âcre fléau.

Seul un temps de vaincre
plus sûr que le port
vase écluse séduit l'aigre
pelage de la mort.

Silencieuse dans la main
où se glaçait le charbon
une étoile de lin
noue sa Grâce au large Affront.

BIVOUAC DES LARMES

Mes paroles fuient ton visage
et pourtant nulle chasse n'est plus calcaire
ni plus fertile
que cette exsangue moisson désertée de par l'épi.

Car j'ai construit ta citadelle
femme au fond de mon deuil comme une pleurésie
Chaque jour tu m'opères tu nourris mes séquelles
d'une eau sévère à désirer
cette eau de sourde faim qui dépose dans l'âme
des poissons transparents
puis le silex
le froid répit des lames.

L'heure est étroite où le cœur rompt ses fables
l'heure où tu viens libre dans les chardons
prisonnière du lin éveiller à ma table
le vieil enfant nocif qu'on avait oublié.

Dès lors le soir épais ne donnera son pain
ne jettera sur nous ses cavaleries de lavande.

J'ai faim j'ai faim à perdre l'âme
ici et maintenant l'enfant requiert la manne.

Mais l'arbre est désolé.

Dans le matin venu
le rouge continue.

MARC

Mon prince est arrivé mon bel enfant d'amour
il a rompu pour moi les anciennes entraves
son regard doux son regard grave
au centre de ma terre a désigné le jour.

Mon prince est arrivé
j'étais dans les mansardes
le soleil n'entre pas dans le soin de la nuit
mais le voici venu dans le vert et le bruit.

Mon enfant me regarde.

DEMEURE

À Georges Glaser

Ce qui compte le plus
ce n'est pas de vivre
avec des mots plein la bouche
et des comètes sous les pieds
mais de trouver parmi
tant de marcheurs épais
sa poussière blanche sa houille.

Ce qui compte le plus
ce n'est pas d'arracher
la croûte qui nouait le cri
mais de laisser la voix
suivre la pluie le bleu la rouille.

Ce qui compte le plus
ce n'est pas de parler
mais de laisser le nom
faire un nid dans les herbes.

Ce qui compte le plus
ce n'est pas de trouver
le sens ou la beauté
mais patient de laisser

le crapaud l'écrevisse
ou la cigale écrire
un bestiaire innocent
à l'orée de la cuisse.

Ce qui compte le plus
c'est de peupler le fruit
de ne pas attendre la pluie
de ne pas surprendre le fleuve
pour porter l'eau comme un fruit.

ce qui compte le plus
c'est de serrer la preuve
dans ses muscles
et de regarder quand même
le soleil.

CONSCIENCE DE L'ARBRE

À René Char de la Sorgue

Ici les noms portent l'odeur avide
la parcelle d'honneur des pins
l'émotion glisse sur des aiguilles fabuleuses
jusqu'au genou de l'arbre.

Pierre et nuage clairvoyants
dans la grisaille se relayent
la même langue nous séduit
qui marque la justice des choses
d'un caillou transparent.

Olive, dure patience
c'est maintenant qu'il faut oser réduire
le cœur aux dimensions du temps.

STIGMATES

Tout est su
l'ordre passe
on a trouvé sur sa face
un clou qui germait.

Un œillet qui ne fermait plus
sa corolle
un œillet qui ne pouvait plus faner.

Patience des choses éternelles.

Noir limpide aigu
le printemps de la ciguë
l'acier de la Parole.

PORTRAIT DU POÈTE
PAR HERMANN BRAUN

Le chardon naïf
et l'anis coupant
à droite l'eau
la femme à gauche
nourricière au centre
une architecture de vent.

Le poète qui se tait
et le peintre qui voit
et le bon Dieu qui les écoute faire son œuvre
entre l'âne attentif
et l'archange manœuvre.

Paris, 27 janvier 1952

MATINES

Salut seigneurs de ma folie
salut mort attentive
sœur sans répit qui me sauves des masques
et toi femme secrète
femme attendue
vierge à la lampe d'inquiétude
belle qui trouveras la phrase d'équilibre
et couperas le pain

Salut racaille solennelle
camarades des hautes luttes
et toi ma mère
et mon ami

Salut présage du soleil
audace du nid
mémoire du prince

Salut ô pour longtemps l'agonie de la rose

Salut terre de Dieu
exil de l'homme
verbe

Arbre
seul roi

L'ATELIER DU SOLEIL

Poèmes

À Sauveur Galliéro

« *Étant donné les corps que nous avons,
nous ne pouvons pas vivre sans les copains.* »
Vincent Van Gogh

« *Qu'ils sont beaux
Les pieds de ceux qui annoncent la paix,
De ceux qui annoncent de bonnes nouvelles !* »
Esaïe, 52-7

VERS UNE LOI

Ma faiblesse tenue ma pomme
une pomme de lourde terre
et sous la veste lourde bien davantage
nourriture et coquetterie
mon héritage

Je m'éveille dans les nombres velus
je cours je présume un granit
et faiblesse revient me tire
vers des lacs où la voix prend les algues

Ainsi me troublent des crapauds
des vapeurs qui me sont des robes
et les anges extrêmes
pour la flagellation

Ma faiblesse a grandi pesé
passé maintenant langage
dans la chair totale arrivée
au clair

La voix m'achemine vers l'homme
le lumineux puis l'autre
une voix de soleil et de désir apôtre
le lumineux mais forte et résonnante d'ombre

Je marche entouré de mes sombres
remords mes fêtes mes dents de guerre
et la tribu présente
d'où ma mère fuyait fuyait en m'appelant

Le présent je l'ai pris naguère je le protège
il est dur mais son œil immense
ensemence le paysage des faiblesses
ce soleil sans épi sans parole sans neige.

Alger, 17 avril 1954

LE PASSAGE

La fin du temps
court sous les dents
avec ce croûton de pain
fuit la douceur du matin

Que reste-t-il entre nos mains
l'air du printemps
pas même la poussière
l'air du chiendent

Un fin visage cicatrice
du jour
une chanson d'amour
le prénom mourant sur la cuisse

Et toi qui réveilles les cendres
nous sommes les porteurs
fragiles de ton ombre

Nous sommes les porteurs fragiles de Votre Nom.

Alger, 20 avril 1954

DU VENDREDI AU SAMEDI SAINT

Un corps entier un corps nu
pour épargner ce qui n'est plus
le bois veille inutile
mais vient quelqu'un soigne le fil
refait notre visage grand
Dieu à la racine des dents

Enchères du nuitage trompes
est-ce la pluie qui prend le cœur
un corps ô ravaudeur
j'immobile pressens le défi sous la flaque

Serre le temps pécheur
libre encore à la cuisse
demain Dieu mord demain Dieu traque

Mais une seconde une seule de lait
dans la basse maison où le nom se défait
une seule avant Dieu dans la carie propice.

Alger, Samedi Saint

LE SURPRENANT D'AVRIL

À Robert et Marie-Thé

L'homme est toujours ici présent dans sa demeure
il annonce l'absence et cette absence est joie
il annonce le bloc étroit de la lumière
et la femme sourit appuyée à son bras

L'invité ce matin a renversé la pierre
n'a laissé que son linge et la sueur des mots
la mort aboie et l'eau scintille sur la face
de la curieuse ailée son amour est fagot

Son amour est feu vert et poudre qui m'entraîne
vers un geste posé sur l'an comme une croix
un carrefour plutôt l'astre ouvert à l'antenne
et la terre qui tourne au degré de son pas

Allez et vous direz aux amis que le sage
a ramassé les siècles et les avantages
nocifs de la poussière et boule dans le vent
s'en ira réveiller le bois de la maison

Allez et vous direz un jeune homme aux mains moites
vous a donné le sang très blanc de sa surprise
sa langue était un épervier son cœur une ouate
tout imprégnée du nom immense de sa prise

Allez et vous direz qu'en effet nous avons
pris entre nos genoux comme un gibier vorace
un passant du matin qui n'a laissé de trace
que ce regard aimant plus aiguisé qu'un drain

Allez le jour était froid et bleu la balance
proposait mille jeux et l'iode arrivait
de la mer et déjà dure comme une lance
la parole coupait dans l'herbe les orvets

Et je t'ai reconnu je t'ai nommé facile
cherché à chaque rue et fui comme un corbeau
tu connaissais le temps le corps les oripeaux
ensemble nous portons les pavés de la ville.

Les cloches vont sonner notre été sera beau.

SABLE

La mer ce n'est jamais que le rivage le plus courbe
perdu dans un soupir la paume d'une main
et plus qu'une coquille étrangère au chagrin
la pure éternité d'une vacance trouble.

Le double fruit des grands sables doyens
votre baiser mémoire et la fuite des robes
la mer c'est votre appui mon enfant qui dérobe
à la terre sa ruse aux vagues leur dédain.

Le chiffre du varech
nous alimente avec
la grâce du jeune homme
et ce couteau suffit
à partager la nuit
celle du secret lit et celle que je nomme.

La mer ce n'est jamais que ce peu de salive
ce crabe sourcilleux qui tremble sous tes yeux
et le talon léger qui des marelles vives
jette vers l'invisible un défi rocailleux.

Alger, 2 mai 1954

LE DROIT DE CITÉ

Que votre nom
même si vous devez rejeter mon appel
que votre nom ne me condamne pas
Je porte en moi un cheptel
terrible

Le pire n'est pas tant ma force
que mon faible dit mon ami
Dans l'inconsistance du fruit
la cave se prépare
où croulera le cri

Du moins qu'une seconde austère
notre visage soit admis
à porter le feu de la terre
son décalque jusqu'à l'oubli

Votre nom ici se retrouve
avec l'amande ô liberté
si passionnément préservée
dans les sédiments de la louve !

Alger, 12 mai 1954

14

Dans cet océan sombre où pousse la tulipe
Tu mords mes lèvres, moi tes lippes
Je les emporte vers une plage secrète.

Je te caresse sous ton slip
Tu lâches dans ma main tous les oiseaux-phénix
Que le soleil de Mai sur ta chair brune jette.

Ô mon fou que le sable épais
Couvre de ses rubis et que la mer dénude !
Mon poulain bis qui tourne, et rude,
Attache ma course à son pied.

Le jour n'est pas si loin où, sur le boulevard,
De mensonge et de miel j'ai composé ton chiffre,
Mais le tambour d'émoi a surpris notre fifre
Et, pris à mon lasso, tu rues dans les brancards.

Je suis beau parce que je t'aime
et mon corps prend une dimension nouvelle.

Avec toi
je vais au bout de moi-même
et tu es encore là qui souris

Tu es partout où je suis grand
partout où je dis Merci.

L'ESSOUFFLÉ

Ce ne sont ni tortues ni fourmis
mon cœur insurgé qui remonte aux sources
ni le cri
mais blanche la migration de l'épouse

Ce ne sont pas des paroles
la nacre
froide et vibrante
offerte à l'infini et de tout possesseur
absente
mon cœur un coquillage élevé

Ce n'est de précieux que la réalité
du temps dans le poing préservée

Ni langue ni repos
mais l'algue aux dents de tête
ni la brise ou la robe aux vertes avidités
mais le cœur au cou large qui s'entête
à durer

DESCENTES

L'origine du bonheur
se tenait dans la carie
toi pour m'aimer tu parlais
d'otaries

Avec tant de complaisances
avec ces cultes difficiles
on ne vit pas on se fascine

L'origine du malheur
un galet sur la marelle
et toute la mer dedans
pépiante de girelles

Avec cette imagerie
insulaire parasite
on ne vit pas on évite
les sabliers et les fruits

L'origine de la mort
sous l'aile d'un scarabée
Ni clair ni sérieux ni fort
mais suffisant pour entrer
dans la tête aurignacienne
par la fibre d'un galet

Complaisances complaisances
la lumière est écorchée
Dieu sommeille sur la paille
entre la puce et la clé.

SALUT DU TEMPS

Beau visage une cicatrice
sans elle par où passerait
la mort ?

Tout ne serait que printemps fade
soupir amer de chicorée
mais vient le coup douce dorade
la cicatrice fait l'été
défait le lit
refait la lame
ornement-roi par où fuit l'âme

Du granit aux pores le même
départ le lieu où la source frémit
un visage n'est grand que pris
au baiser vert d'une cassure
aux stratagèmes de la nuit.

Ô taisez-vous lointaines symétriques
regagnez l'or et laissez-nous l'obus
Ici nous demeurons où but
Dieu-le-Rêveur à la bouche dorique.

ÉLOGE

De l'abaque au talon
je définis ta gloire
par un soupir.

PLAGE

Queue de taureau flamme d'archange
une image nous dérange
avant le vin de l'été

Est-ce un cœur est-ce un galet
que les oblades ravissent
et sur ton sein qui frémit
est-ce le diss ou l'orvet

Le bruit de la mer
est plus tendre que l'effort
pour vivre

Queue de taureau phare des ports
une image me délivre
de la prouesse des livres

Au bout des cils
une cuisse
au bout de l'ongle
l'éternité.

PASSAGE

Tu ne seras jamais plus grand que tes vertèbres
Quand la fête prend les ténèbres
regarde, une épaule déchue
chante
ce n'est pas la mort c'est le jour
le jour.

Mais combien difficile la vue
qui cerne justement les choses
et qui lorsque fane la rose
on garde l'émotion la poussière le parfum.

Le temps sourit le temps et d'un
pas souple la nuit nous prolonge
le rêve est pauvre notre vie
pétille sur la langue
c'est un bon vin c'est une bonne ivresse
c'est la pupille dilatée
puis sereine
où vient le jour et se caresse
avec ses abois ses buissons ses velours.

Tu ne seras jamais plus clair que ta lumière
mais le vent court
le vent funèbre.

L'ORDRE ET DOULEUR [1]

« Mais les poètes mentent trop…
Ils troublent tous leurs eaux pour
qu'elles paraissent profondes. »
Ainsi parlait Zarathoustra

Cela nous le savons que nous sommes menteurs et prévaricateurs, nous le savons mais qu'on ne l'aille point dire à qui n'a accès au logis.

La rumeur du soleil est si grand charroi sur la peau, ode si vive sur le blanc, que l'âme se déchire et de chaque lambeau le mensonge s'exalte.

Cela qu'on ne l'aille point donner de langue camérière à qui ne porte pas sous la robe les blés – et plus que les blés, les chardons !

Le bleu des blés au cœur, cela que le garde au plus noir de son jour le poète.

Et son mensonge aussi qu'il le garde à l'abri de la mer.

Car la justice du parleur, notre offertoire, notre louve, c'est ce mensonge, enfant du clair.

1. Ce poème a été publié dans l'ouvrage *Poésie au Sud. Jean Sénac et la nouvelle poésie algérienne d'expression française*, Marseille, Archives de la ville de Marseille, 1983, p. 52.

Il grandit convoyé d'attentives, de fautes. Il finit par ruer dans l'office du jour. Non, ce tissu de transparence n'est pas mensonge mais son cœur : vérité.

Celle-là, fille des figuiers, nous, menteurs et prévaricateurs, nous, désordre, la saluons.

La main plane des simples, leur respiration la parcourent. Sa voix, mais c'est comme un corsage ouvert aux gens de la Merci !

Sana de Rivet, août 1954
Paris, octobre 1954

HONNEUR PARMI LES CAMPS

Quan Dé
beau comme un argument scandé

L'or plie
le charme effraie

Quan Dé rit dans la porcelaine
de feu
puis brise.

Sana de Rivet, 22 août 1954

ATTENDRE[1]

1

J'ai retrouvé dans le métro
cette faculté d'être affreusement pensif
et le baiser des amoureux
– leur clair m'emplit de jalousie

Qu'ils soient heureux !
Moi dans la solitude
je remonte un mal sans racine
un mal si léger qu'il me couvre de crêpe
mais cela suffit cela neigeusement
– Seule poussière et seul le vent…

Ô mes amis ! On peut mourir de peu de chose
de perdre pied contre une rose
de laisser son cœur aux fourmis

---

1. Ce texte a été repris dans *Les Désordres* dans la version suivante :
– vers 8 : « un mal si léger qu'il ne peut me distraire » ;
– suppression des vers 19 à 36 ;
– vers 40 : la précision « Nau » est supprimée ;
– vers 48-49 : « (Buveur de sel voleur d'oranges) / nous n'avons connu
  qu'une ivresse / de sarments » ;
– vers 89 : « (ni le métro ni les boîtes à musique) / ô ma mère ni ton visage » ;
– la date est réduite à « Paris – Châlons-sur-Marne, septembre 1954 ».

Mon Bab-el-Oued aux jeunes loups de bronze
monte vers moi tandis que je fuis son ruisseau
Paris brutal sous la pierre à mensonge
est une ville froide

J'ai repris le métro.

*

Dans les matelas entassés
les meubles itinérants
je t'ai dit la douleur d'aimer

De Paris en Belgique
le sacre de mes larmes
est une route d'or
où tu brilles vivant

Je reviens d'un pays où les sables nous tranchent
je croyais ta mémoire blanche
et tu souris.

Crier merci pour moi c'est la seule jachère
piroguer dans tes yeux jusqu'aux porches de l'eau
c'est le chahut profond qui me rend à la terre.

Dans l'exode des bars
sous l'épée du regard
dans ma lumière sombre
j'ai eu la force de t'aimer

Ô mon ami !

Nous n'avons rien à partager
que des promenades et des mots
c'est suffisant pour vivre encore.

J'ai regardé le Nau[1] longtemps
dans la vase ton œil attend
que je réponde

Mais que dire de plus serré
que ce silence où tu voyages
nous bavardons nul ne le sait
pas même toi.

Buveur de sel voleur d'oranges
je suis si riche que le monde
boite à mon pied

Mais la faim
oh la faim de banales nourritures
quel salaire l'apaisera
et ce cœur
quelle aventure ?

Quel jour aurons-nous fini
d'être appelants par tous nos pores
sur la margelle de la mort
quel jour cesseront nos bavardages ?

---

1. [Note de Sénac :] Rivière, affluent de la Marne.

Quand les signes finissent de tourner
que la tête se repose
sous le pétale de la rose
il y a plaie.

Les épines que dans mon cœur je garde
ceux qui les verront diront que c'est faux
comme il nous tarde
de grandir
comme il est urgent de contenir la terre
dans un mot.

Qu'il pleuve ou que le temps scintille
il n'y a ni répit ni joie
il y a ta grande voix inhumaine
qui secrètement me laboure.

Peu ont su que la nuit s'arrêterait
sur un visage qu'elle te ferait signe
et que le hibou dans ta main
cesserait de vivre pour provoquer les astres.

Celui qui parle trop personne ne le voit
mais il avance à pas trembleurs vers les gazelles
et sur le lin bronzé des cornes les voyelles
c'est déjà le désert et l'immobile Dieu.

Peu ont su que la nuit mordait le fruit dans l'ombre.
que le premier bruit fort des poubelles rendrait
l'âme exigeante
Peu
Mon corps
ouvert à tous les pas s'enfermait dans un songe.

Les rossignols ne chantaient pas
ni le métro ni les boîtes à musique
ni ton visage ô ma mère battue.

Peu ont su que l'attente est une sépulture
mais que parfois un ange invente le Seigneur
L'exil se lève dans le cœur
avec l'aube.

Paris, 3 septembre
Châlons-sur-Marne, 6 septembre
Paris, 3 octobre 1954

GUITARES [1]

Solennel et bruyant comme une grande ode vide
je vais au bivouac où sont tondus les chiens
là mon père m'attend.

Les méchants nous ont fait couronne de matière
Du haut de leur front noir vingt-huit saints me l'ont dit
Les rois de Notre-Dame ont l'âge de ma vie.

Mais je m'égare Âme fuyons
le froid comme l'amour me damne et m'émerveille
une grande merci sous la laine sommeille
ne touchez pas au cœur qui compte ses lions.

Attendez attendez comme j'attends mon père
Ma mère me disait : Il vit sous le printemps
ma mère me disait Moi que dis-je j'espère
je porte au cœur un pommier vert
j'agace mes gencives aux cailloux de son nom.

1. Inclus dans *Les Désordres*, ce texte, prépublié dans *Simoun* (Oran, n° 21, 1956), comprend les variantes suivantes :
– vers 10 : « ne touchez pas au cœur qui dompte ses lions » ;
– vers 15 : « j'agace mes gencives aux cailloux de mon nom » ;
– la date n'est pas indiquée.

Lundi va commencer avec l'eau de la mer
ma misère avec mes serments
les gitans vont venir me coudre les vertèbres
en Espagne la mort allume les safrans.

Paris, 4 octobre 1954

POUR UN RETOUR[1]

On ne connaît pas la grandeur de l'aube pour y avoir
    traîné son cœur
ni celle plus sinueuse encore du matin
Le choix dans le sang draine des pépites des fables

Il est terrible.

Mais l'homme s'agrandit lorsqu'il jette ses draps
et lui-même se jette à la face du ciel
étuve, mère délirante
pour que les mains du fils ne saignent plus
et que le pain revienne aux fêtes de la nappe.

La grandeur la voici je ne puis la nommer
gercée comme la voix de la femme oranaise
qui boit le sel à ma blessure
et tourne dans ma chair ses limpides fuseaux.

Le rossignol ne chante pas
le froid prend sous la veste
De la cave aux girouettes un taureau veille.

---

1. Ce poème, publié également dans le même numéro de *Simoun* (*op. cit.*)
que le précédent, a été intégré dans *Les Désordres* dans la version suivante :
– dédicataire : « à Jean de Maisonseul » ;
– vers 11-13 : « humble comme la voix de la femme oranaise / qui serre dans
  ma chair ses limpides falaises » ;
– vers 14 : « L'oiseau du jour ne chante plus ».

Le taureau.

Je porte dans le cœur sa lyre ses prouesses
il est un ange du soleil
brûlé dans l'ombre vertébral
il me déchire il me conduit
vers le diss et les grands soucis du môle
là-bas où mon peuple s'étend pour la sieste.

Je le connais
grandeur comme je suis faiblesse
il me mugit Reviens (entouré des ânesses)
et c'est vrai qu'il faut revenir
qu'il faut de nouveau entreprendre
le commerce de la chaleur
au point précis dans la rigueur du sable
où grésille un enfant à la jambe coupée[1].

Paris, 10 octobre 1954

1. [Note de Sénac :] Rimbaud, mais aussi l'enfant d'Orléansville.

RITUEL (1)[1]

Sur des sculptures de Jean Dubuffet[2]

Terrible sorcier visage
de quoi venez-vous parler
qu'élèverait-on sur ces cendres
où mugissent les rosiers ?

Mots fous cœur fou
la vérité vous ressemble
mordue au genou.

Terrible sorcier passant
prodigue d'indifférence
à tes semelles l'espérance
fait un bruit de crêpe et de sang.

Mots fous mots patients
la vérité vous ressemble
étrangère sous l'affront.

---

1. Ce poème a été intégré *in* Jean Sénac, *Visages d'Algérie-Regards sur l'art*, Paris-Alger, Paris-Méditerrannée-Edif 2000, 2002, p 117.
2. À propos de ce poème, Jean Dubuffet a écrit de Paris, en date du 21 octobre 1954, la lettre suivante à Sénac (extraits) : « Grand merci mon cher Jean Sénac de cet émouvant poème qui me touche et me plaît très fort. Comment ce beau chant si organisé et si parfaitement mis au point a-t-il pu m'être remis si peu de temps après que ces statues étaient livrées aux regards, je ne puis me l'expliquer. »

Terrible sorcière amour
qui m'a jeté sur l'éponge
où cachez-vous dans quel nombre
la clé de contact du jour?

Cœur fou mots rêveurs
la vérité vous ressemble
qui croit au bonheur.

Terrible masque avenir
ta voix de petite fille
est-elle pluie à mes tempes
ou bille d'acier.

Mots fous cœur frappé
la vérité vous ressemble
glaneuse de mâchefer.

Paris, 14 octobre 1954

DÉSORDRE

Je me tue à vous aimer
fantômes
plus près de ma chair que mon propre sang
mais quelle amertume demeure
quelle légende
qui m'épuise soudain et me voici vous reniant

Ces amours qui ne sont même pas écorchures
et qui brûlent pourtant notre chair à l'approche
d'un pas
oh que sont-ils sinon soucoupes volantes
et si tels ils étaient notre cœur garderait pour eux quelque
    clairière
non même pas cela
Pour notre grande perte
race race fermée de l'Imagination

Je crie
Contre le verre à petits roulements
la pluie tombe.

Paris, 27 octobre 1954

DIWÂN DU MÔLE[1]

1. «Diwân du Môle» comprend, outre de nombreux inédits, des extraits
de l'ensemble «Diwân du Môle» (13 poèmes sur un total de 15) tel que
paru dans le livre d'art *Poésie* (1959) et des extraits de l'ensemble «Diwân
de l'État-Major» (30 poèmes sur un total de 32 avec parfois des variantes)
inclus dans *Matinale de mon peuple* (1961). «Diwân du Môle» a connu
plusieurs structurations. C'est la dernière version, achevée fin 1965, qui
figure ici et qui est déposée à la Bibliothèque nationale d'Alger, fonds Sénac.
Elle devait faire l'objet d'une publication, avec une préface de l'auteur (non
écrite) et des dessins de Benanteur, la première fois en 1965 en coédition
entre les Éditions Nationales Algériennes (devenues la SNED en 1966) et
Subervie, la seconde fois en 1967-1968 par Subervie seul. Ces deux projets
n'ayant pas abouti à la fin de 1969, Sénac abandonna alors le recueil.

À ma mère
À Mohamed Larbi Ben M'hidi
À Jacques Miel
ce chant de l'inaliénable amour

« MIN DJIBALINA… »

*À Martine Timsit, Mostefa Lacheraf,
Ahmed Taleb, Layachi Yaker,
Abdelkader Kallache, Mohamed Harbi,
Ahmed Hadj Ali, André Ravillard,
Ahmed Hasnaoui, Hadj Omar, Abbé
Bérenguer, Jean Subervie, Redha
Malek, Henri Kréa, Monique et
Abdellah Benanteur, Paul Moatti.*

1

Pour rien !
Dieu ! pour une présence d'atoll
sous tant de pluies !
Pour cela, rien de plus, appelé de mes terres
au Verbe !
Quelle dérision…
Élu, élu, à la limite de mes lampes,
pour épanouir la Plaie impure des Ancêtres !

Pour vous nommer, toutes mes ennemies,
toutes choses nommées !

2

Alors ils diront : « C'est un grand poète. »
Toi, la Citadine, ils diront : « La ville
s'emplit de ses rumeurs.
Êtes-vous fière ? »

Tu lèves sur eux ta fatigue,
à tes doigts l'aiguille fait foudre,
tu dis : « Oh, vous savez… »
Madame ! Madame !
Toi tu sais !
Toi tu descends dans la poussière !
Toi tu ne nommes pas !
Tu parles, mon miroir éclate !

3

Ta bête, ma Mère – Cinq doigts contre elle !
la vipère me fascine.
L'aube fouine dans la poésie.
Je n'ai plus peur d'être baroque.

D'entre les frasques de l'été,
le miracle : ce peu de mémoire oubliée,
le jour liquide, les raclures
de la mer.

Mes ferrailles contre eux,
mes écorces, le feu
de mes os
contre leurs cendres précieuses !

4

Mots, je vous respecte !
Compagnons de la Merci !
Poussière dans la mousson, jamais détruite,
jusqu'au jour où la demeure brille !
J'avais si peur de vous perdre !
J'avais si peur de ne plus pouvoir vivre
sans vos ridicules soucis !
J'ai pleuré, j'ai vu le soir, j'ai dit :
Terre, ne laissez pas mes grandes phrases seules…

5

J'écris mes poèmes sur ta bouche.
Ils sont navigateurs sur l'espace gonflé.
Parfois ils touchent terre, ils me reconnaissent.
Émerveillé, je les recopie.

D'autres fois, lorsque tu m'aimes,
ils s'épanouissent, ils saignent, ils chantent.
Je n'en finis plus de m'aimer sur tes lèvres.
Ô territoires de ma chance ! Matinées !

6

Je l'ai combattu
d'entre mes marelles !
C'est clair, ces chiffres de sang,
c'est bien le Mouton Mystérieux !

Celui qui joue au football
est le chef.
Celui qui joue au football
a été frappé.
Là où est le mal, là il frappera.
Il peut rire. Là il frappera.
À la gorge !

Trois figues noires
le matin.
Trois figues rouges
le soir.
Trois figues sèches
contre la dureté du ciel.

Dans le manège des Ancêtres
assez de remuer tes os !
Oh, ces subtilités de caresseur,
ces bavardages qui flattent l'œil,
ce drapé pour piéger l'étoile !

Pique-toi aux arbouses, poème !
… Mon amour, ouvre sans pudeur
l'abrupte litanie du cœur
(cicatrices par où l'été nous glorifie !)

Quand les anguilles sur la plage
venaient s'accoupler aux serpents,
La Citadine secouait sa chevelure grise
et dans la trace du combat éperdument cherchait notre
    Visage.

Elle trouvait un mot,
à peine dans le vent le lâchait,
puis un autre,
et la journée ainsi sur ses lèvres prenait corps.

10

Parle par toutes tes plaies.
Fais-en des bouches de lumière.
Déchire le jour.
Déchire-le, qu'il neige !
Que le soleil n'ait plus d'épargne sur ton corps.
À la falaise, face aux fumées ouvrières, prélude !

Voici. Le chef m'a parlé.
Contre les roches, son désir.
Et la cigarette vigilante dans l'âcre matinée.

Je te touche. J'augure un univers plus proche
que la langue de la salive,
plus radieux
que les moisissures d'El Ongo.
À coups de pagaies les Ancêtres dérivent
vers la Maison de Fer, le refuge des Maîtres du Sarment.
(Là un jour nous apprendrons
que le Grand Serbe est égorgé.
– Qu'il ne repose pas !
Qu'il ne repose pas qui fut cruel !)

Je t'ai vénéré par la ruse.
Je suis immobile vers tes hanches.
Frémis, que j'atteigne la page,
au-delà du désir.

L'amertume des lauriers-roses.
et dans le simoun l'exultation téméraire,
voilà l'obéissance à mon chef !

Un seul grain de sable te contient.
Le monde m'est de trop.
Mais toi, tu m'infliges le monde.

Quand tu l'auras réduit à ce grain.
À ce prix seulement, dis-tu.

Les hommes libres, dans les rues, ça danse.
Dans notre pays les hommes libres brûlent contre les
    grilles.
Mais les fusils, que feront-ils contre la Parole ?

Ton assurance est inhumaine.
C'est à cette hauteur que j'ai atteint l'homme,
que j'ai lié ses syncopes,
que j'en ai fait la Gerbe du Soir.
Tu as raison, mon chef.
Les musiques de Juillet sentent la poudre.

Ceux qui habitaient dans les grottes
ne se plaignaient pas.
Un jour le Consul des Anglais
brûla les roseaux.
Les tourterelles calcinées,
la langue des hommes se délia.
Une coulée de lave jusqu'à la mer appelait les jeunes
    filles
Portées par l'écume, en mantilles
noires, elles vinrent
saluer les Ancêtres déchus.
Seule, dans sa parure jaune, la Citadine provoquait le
    ciel :
« Donne à la mère qui t'implore
le peu de pain qu'il faut pour vivre son aurore. »
(Siècles ! Ce sont des siècles qui vrombissent ici !)

« N'y va pas ! » lui criait la Vieille.
Il enfourchait sa frêle cavalerie de fer
et vers les plages, quel exode !
Cette myriade d'enfants nus,
cette voie lactée d'enfants nus,
cette voie noire d'enfants nus !

Raides dans leurs assises noires,
les Vieilles dénonçaient l'outrage du soleil.

Le sable sentait le mazout.
Après la mer, dans le sourire,
nous partagions le pain et les sardines fraîches.

Parfois, de nos lèvres gonflées,
un roseau de douceur
couvrait le croassement des Vieilles.

Jadis l'Instituteur
abordait en rêvant les échardes du livre :
« Nos ancêtres… »
et sa langue restait suspendue,
piétinée par des cavalcades bédouines,
écorchée aux frontières du texte.
(Le mensonge, sa plaie nous a bafoués tous !

Car nous ne descendons pas des Gaulois.
Nos Ancêtres étaient tout rongés de soleil
et les pores crevés par les vents du désert.
Dans nos corps, contenu, c'est leur espace qui gronde.)

17

De son village de torrents
(la mort au grand chapeau de feutre y bivouaque),
mon ami le Peintre m'écrit:
«Je pense à toi quand je plonge ma barbe dans une
    tranche de pastèque
et je voudrais t'en garder un morceau que tu trouverais
    à ton réveil.»

18

Les grelots de sa nostalgie nous laissèrent des marques.
N'enraye pas les fusils, dit le chef, ne parle pas de tes
    cryptes.
Que ta flèche retienne la cible à l'arbre,
qu'elle apporte notre message aux vigilants de la côte,
qu'ils sachent que nous sommes écorcheurs de ténèbres.

Mon peuple est dans la souffrance et il n'a pas de pain.
Mon peuple est aliéné, torturé, bombardé.

Les Maîtres du Sarment jubilent.

Les cendres sont un engrais subversif, dit le chef.

(Il écrivit un mauvais poème,
avec ses poings impuissants et avec ses larmes, et il le
    garda.
Il le garda comme on garde un tract,
comme on garde une mauvaise cicatrice.
C'était à Paris, le 14 Juillet 1956 :

« Il y a des camps de concentration en France !
Il faut m'excuser, mes amis, si ce soir je ne danse pas.
À Palavas il y a un camp de Nord-Africains !
Il faut m'excuser, mes amis, si ce soir je ne danse pas.
À Tlemcen les contre-terroristes ont matraqué Jean-
    Pierre Millecam.
Il vient d'être trépané.
Il faut m'excuser, mes amis, si ce soir je ne danse pas.
Hadj Omar vient d'être emprisonné à Chambéry.
Il faut m'excuser, mes amis, si ce soir je ne danse pas.
Et ma mère, est-elle vivante ?
Si ce soir je ne danse pas.
Si ce soir j'ai honte.
Si ce soir j'ai peur de haïr la France… »)

Sur nous que s'amoncellent les dunes de vengeance !
que s'enflamme le plomb !
que le front ravagé de rouille se dessèche !
Sur nous d'Europe pour cette suffisance
et cette tyrannie à partager l'homme dans sa couleur !

(Pour ce mépris de l'homme,
ce mépris de nous-mêmes.)

Sur nous vexations et cendres
pour tous les siècles de rupture
jusqu'à ce que douleur nous bronze le visage !

Les êtres de poursuite
sont seuls irrémédiablement.

Ô jeunes filles, apaisez notre marche,
jeunes gens, consentez à tenir notre main
à la mi-temps du Verbe.

Nous avons besoin d'athlètes bouleversés.
Nous avons besoin de beauté et de modestie.
À notre table nous avons
besoin d'un orgueil beau comme un pain.

Nous avons besoin de jeunes femmes
comme un ruisseau sur nos blessures,
comme un arc à notre désir,
l'arc électrique de la soumission et de l'ordre,
l'arc-en-ciel de la Réparation,
des jeunes femmes stables comme la course du monde.

(Sourire de l'Aimée,
clé de contact du jour!)

24

Nous allons au désordre par une bouche pure.
Un seul instant je m'arrête, je secoue
la crinière du jour. J'appelle hors des toitures
ta dernière parole, une larme.

Mais comment circuler par un givre si lourd?
De crime en crime mon nom s'approche
de tes lèvres. Tu ne reconnais plus mon rêve, cette roche
étrangère et nomade qui remonte ton souffle.

Ô ne déserte pas ma route! Je captive
des animaux de dune, je m'invente
une réalité de tourbillons, je crie
vers des hanches immobiles où ma tombe se noue.

Sinon ce que tu étais nous étions dans le vide.
J'ai affublé mes passages de jargons soleillés.
J'ai crevé mes oiseaux, leurs yeux pour que des chants
affabulent nos caves. J'ai nié la pluie. Nous voici
maintenant dans une orgie de vase, le Déluge
dont nous avait parlé le Sage sur son bloc !

Cernée,
tu attends sur les tuiles la fuite des grisailles,
tu guettes cette fumée qui ne peut plus venir.
Avec l'âtre, c'est la Parole qui est envahie.
Belle, quelle sarabande d'épluchures !

(Si nous ne trouvons plus dans la glaise que trace
de tes gestes sous les rafales,
oh, que demeure le Déluge !
que demeure dans chacun de nos pores la Nuit !)

Tout empli de miroirs qu'il est,
tout secoué de lumières,
mémoires et autres meubles serviles,
mon désert s'éclaire parfois
d'une douce présence d'eau,
mes quatre murs s'en vont aux pôles, aux chaleurs,
et je le vois chanter dans l'espace du cœur
Celui qui n'a du chef que les dents radieuses.

Pousse-toi, dit-il.
Le feu partit.
Dans sa raison les astres stagnent.

Le jour se lève.
Les arbres sont orgueilleux :
ils respirent…

Terribles prophètes,
contre l'angoisse
tenez debout ma voix.

Je n'ai pas de comptes à rendre au chef.
De lui à moi tout est compté
avec une minutie dont seuls
ceux qui dénigrent sont capables.

On n'approche pas impunément la perfection.
Stigmates ! Chemins de traverse
de l'homme à sa plus haute teneur.

Bonheur, tu n'es qu'un peu de sommeil oublié
au bord des lourds étangs où le soleil saccage.

Bonheur, tu n'es qu'un cri d'arbre dans une cage
et peut-être le simple souci de l'ineffable Absence.

Pourtant, Amour, tes plâtres nous obsèdent,
tes cicatrices dans le ciel !
Ô Déraison plus douce que l'oubli…

Cette cacophonie d'images
est-ce donc le silence ?
Et cette plaie au cœur des mots
est-ce le Verbe ?

Ton visage fuit dans la méprise
interminablement absent à ses promesses.
À travers l'épaisseur des roches transparentes
comment t'apercevoir ?

Il faudrait consentir à l'humble quotidien
et ne pas se charger de légendes futiles.
Il faudrait accepter fragilement de vivre
au lieu de se tuer à des ronces d'échos…

Portail d'Été : la mère parle. Des heures !
Fèves bouillies, piquantes, pour l'accueil,
et les gestes graves, loquaces,
des Vieilles sur leurs chaises basses.
C'est toute l'adolescence qui s'affronte aux sarments !
Saint-Jean-des-Feux sous l'œil pierreux des salamandres !
(Nous avions peur que leur urine
ne soit ferment de calvitie.)
La nuit passait. La nuit
dans nos chants putrescibles.

« Et elles se disent chrétiennes ! », hurlait la Citadine.
Les Vieilles vous montraient en criant : « Cette race ! »
On nous avait volé la mer.

Que furent la terre qui s'ouvre,
le typhon qui s'abat sur la maison natale,
à côté de vous, Proconsuls des Ténèbres !

Les enfants meurent de soif au milieu des fontaines.
À la porte des camps, avant de disparaître,
les jeunes hommes injurient leurs bourreaux :

« À quoi servirait de mourir
quand la vie est pour eux ! »
Une avalanche de projecteurs, de chiens, de barbelés,
dévore leurs pauvres corps.

Vers la ville, nous lançons des phrases.
Qu'une charpente frémisse, la forêt peut renaître.
Pour toute réponse nous parvient
un vol affolé de cigognes.

Nous le jurons, sur ton visage, frère,
la dynastie du saccage
n'aura pas de postérité.

35

Notre nuit a brillé.
Je ne prophétise pas.
Je n'écris pas notre histoire.
Elle, c'est mon peuple qui l'écrit
de ses doigts forts, décharnés,
à la halte, sur les crosses.
Il pose son fusil contre une roche.
Il se cambre aux étoiles, il fume,
il rêve sous le froid à des cavalcades indélébiles.

Un seigle innocent nous pousse dans la mémoire.
J'ajoute les points, les virgules.
Rien de plus. Soyons humbles !
Sans mon frère analphabète nous ne serions qu'arbre sec.

Poètes, respectons la syntaxe des réfractaires.
Soyons, à l'affût de leur souffle,
les copistes intègres !

36

Peuple à venger l'affront que l'on fait au poète,
peuple à semelles de poésie,
que ta vigilance s'exalte
et dans l'euphorie du triomphe
n'abandonne tes armes que pour en prendre de plus
    rauques,
plus généreuses,
plus exigeantes !
Les fabricants d'honneur dans leurs néons sécrètent
confetti, serpentins pour enrayer tes muscles.
Peuple, sur ta douleur ils arc-boutent leurs ruses,
avec ton sang déjà ils fondent leurs privilèges.
Ils font de leurs erreurs, de leur inculture tes lois.
Ils te méprisent au point de te forger des rêves
pas plus audacieux que les larmes anciennes.
Sans toi, peuple souverain, qui leur délègues ta force,
de quoi se nourrirait leur suffisance ?
Veille à ce qu'ils n'élargissent pas leur masque,
car tu es ton propre symbole. Et le seul.

Qu'ils osent te nommer par la plume du paon !
Qu'ils osent déchaîner tes océans d'oranges !
Mon peuple dans mon cœur tu affûtes le Verbe.
Révolution Perpétuelle !

37

Les voici donc les partageurs,
les honnêtes pour nous convaincre de partager la poire
    en deux.

À leurs oreilles le serpent siffle d'anciennes litanies.
« Monde moderne », disons-nous, « Monde moderne ! »
où tous les hommes se confondent
dès lors qu'ils ont choisi la formule et le lieu.
Je te vois réveillée d'un rêve de vestiges,
je te vois ramenée exsangue et sanguinaire
à ton juste milieu.
Les athlètes et les Ancêtres
apportent aux jeunes filles leurs trophées.
De leurs doigts de lin elles tissent
un ample burnous sans couture.
Après le café, les militants s'éloignent :
« Frère… »

Telle notre certitude,
et tels déjà frappés peut-être d'ostracisme
avant le Conseil des Anciens.

38

Les petits paroleurs de la ville
les énervés dans leur exil,
ceux-là, qu'ils te renient !
Moi j'apporte de la montagne,
avec la fatigue et la peine,
j'apporte l'espérance.
Il me tendit un pain de figues et d'amandes.
Les combattants en ont mangé.
Puis une orange.
Voilà. Le soleil pour tes larmes !

Tous nos vices leur feraient une belle vertu !

Regarde l'arbre. Sa perpétuelle chevauchée
du détritus vers l'oiseau.
Viens. Approche tes lèvres de mes lèvres.
Écoute au-delà de l'oiseau.
Nous irons vers la mer.
La mer efface les aphorismes.

Celui qui écrit sur le bois nous cerne.
Cavaleries, quelles cavaleries à travers les rideaux !
Le doigt sur les nervures il remonte vers le cœur :
« Que Dieu lui fasse l'éloge du crocodile
et voilà Job qui se repent !

Oh, ni pour la puissance,
ni les boucliers, ni les larmes !
Non ! Mais parce que le Verbe soudain
le lacère !
Et il crie : "Dieu !", et de sur son purin
il éclate au jour !
La Poésie le sauve !
Ainsi nous allons, fils de Job,
rechignants et transverbérés ! »

Il s'arrête à l'éclat soudain de notre souffle.
«Peaux de chiens!», hurle-t-il,
«Regardez-moi ces scribes tout boursouflés de suffi-
    sance!»
Et il nous chasse.

Celui qui écrit sur la chaux,
celui qui nous peuple de grenades!

42

Que la terre violente s'ouvre,
que les violents ouvrent la terre,
à chaque crevasse le Constructeur répond par une épure!

Vers la ville ses filets sont refuges de girelles
et ses mains bivouac contre les rabatteurs de soleillées.

Les chiens de vignes couvrent le jour.
Contre leurs abois fondations et structures préludent.
Le lévrier courant patiente vers l'azur.

«Frère libéral salut!»
(Forteresse ma nuit ma chaleureuse abeille.)
À chaque fruit gâché le Constructeur répond par un
    poème!

Le jour, de tout leur petit corps malingre et décidé,
ils en prennent le calque.

La nuit, avec des clous,
ils forgent le soleil.

Artisans !

Enfants rouillés des bidonvilles !

Les alouates font alliance
avec la lie rouge du ciel.
Aux funérailles ils se déchaînent
(ô mon peuple lynché,
mon peuple par mon peuple !)

Le soir ils se retrouvent
sans vertu devant leur nappe.

Jadis dans la vaste respiration des algues,
leurs muscles innocents, leur rires
généreux, nous éclaboussaient de bonheur.
(Après les jeux, le goût frisé des frites !)

Alger, terrible et douce…
Le couvre-feu. Écoute ! Une lumière pousse.
Solitude et peur dans le sang.

Et cette rumeur interminable : patrouilles ou le fer des
    violons numides…

Les jupes noires des Vieilles
ont déteint sur le cœur de leurs petits-enfants,
les accrocs de leurs doigts
leur ont fait l'âme crocheteuse.

Sur cette terre l'adolescence saccagée,
le soleil limité aux lices du néon,
voilà votre morale !

Oh, refus ! Refus ! Amour Insurrectionnel !

Rose, rose brûlée à nos voix convulsives !

Renommer tous les lieux battus par le désastre
des voyelles, le clair massacre
des taudis. Renommer l'âpre de la nuit,
pour éveiller au sang le poète, ses tiges
fondées par un envol de guêpes solennelles.

Elle, l'Emphase, l'Africaine,
aux reins forte comme un salut !

Chair saumâtre, infidèle,
désordre et travestis
et des séquelles de printemps. Les mensonges !

Notre lumière crie vers l'échelle des roches,
vers un regard qui ne soit mis à la question,
vers le chef aux chardons, souple et serein,
tenant l'héritage et l'audace dans une baguette d'olivier.
Clous massifs à ses semelles,
les étoiles définies.
Avec elles, Terre ! Terre contre toutes les crevasses !

(Laisse aux voyous du ciel humide
leurs sympathies de portes cochères !
Ils sont indignes de ton cri.
Qu'ils mentent ! Le jour à travers eux pirogue et les
    ignore.)

49

« Ne me remuez pas la plage dans le cœur. »
Au battant de la nuit j'essayais de surprendre
une digue d'écume,
la fraîche corbeille des oursins.

Tout est silence.
Tout négation.
Un cyclone de genêts, de chardons gris, de glycines,
arrache en vain ma terre à ses charniers secs.

Au centre du soleil
même la mort est respirable.
Exil,
nos poumons calcinés.

Le donneur de joie,
le voici dans sa stature
qui frappe à la porte et se prononce.

« Je viens de la montagne.
J'apporte une mesure de blé,
une mesure d'espérance.
Les nuages regagnent leur repaire.
Les siècles du Maghreb fleurissent,
les estampes s'éveillent.
Nos cendres sont colombes,
richesses inouïes.
Nous sommes forts. »

Ainsi de douar en douar,
de ville en ville, à la barbe des policiers,
malgré les barbelés, l'horreur, les bérets rouges.

Mitraille-les, roseau, de ta nuit transparente !
Toi la chance la plus pure de mon peuple,
ô Chant !

Dans tes cheveux,
le silence des oiseaux.
Dans ton regard,
le nom des choses.

Le plaisir de reconnaître
sur tes muscles avenants
l'autre versant de l'espace,
des cavaleries lointaines
s'ébrouer, et des printemps
de mots nous envahir !

Malgré la nuit, le bruit, l'hiver.

J'écris pour que tu respires
à l'intérieur de ce mystère
qui veut que, nommée, tu existes
plus violente que mes pensées.

J'essaie du bout des doigts
d'invoquer ton passage,
de reconnaître ta substance,
que ta beauté enfin se détache de moi.

Je répète ton nom comme on remonte un fleuve,
comme on brise un vitrail pour atteindre la Voix.
Les mots, mes sédiments informes,
te cernent sans regard, n'atteignent que ton froid.

Puisqu'ils n'ont pas droit à la parole,
ils vont se taire, messieurs !
Ils vont placer eux-mêmes sur leur bouche le bâillon.
Ô nations, écoutez ce prodigieux silence !

Pendant huit jours mes yeux baisseront leurs paupières,
et ni faim ni colère ni feu
ne viendront écorcher notre Bataille Pure.

Paix sur cette terre et fraternité.
Paix sur cette terre et liberté.
Et Alliance.

Et le jour grondera dans les caves, et le soir
les légendes mugiront.
Et si vous éventrez ma terre,
de son sein sortiront aigles et papillons.

Pendant huit jours notre Victoire Pure.
(Ô doigt vertigineux sur les lèvres brûlées !)

La pire injure en ce temps-là :
« Bradeur d'empire ! »
et la France au sommeil se fascinait avec des masques.
Virilité funèbre ! Les eunuques giflés
prétendaient au relais des Tribuns Magnifiques !
France au dégoût. France parmi ses otages
comme une reine de toutes parts violée, et déchaînée,
    et travestie !

À la sortie des bals les jeunes s'enfuyaient
vers une espérance tenace :
ils se heurtaient à des bouches d'égout,
à l'infernale rapsodie des chenilles.
L'oreille sur les socles, plaqués contre la nuit,
ils appelaient l'orage innommable ou la mer.
Ils se réveillaient les os nus.

France aux liens,
comme une grande horloge détraquée,
tout encrassée de bavardages et cernée d'accordéons !
Ô France gouvernée par des paranoïaques !
(Et voici que les Maîtres du Sarment veulent faire passer
    leurs cartes postales
pour le Voile de Véronique !
Oh, sang ! Sang sur chacun de leurs mots !)

56

Sur chaque bombe
le prénom de la Bien-Aimée.

Pour chaque bombe
un calendrier de larmes.

À chaque bombe
une saison gagnée sur les ténèbres.
Terroristes, sourire déchiqueté.

La surprise des mitraillettes
à nos oreilles
est plus amère que le frelon.

La santé des rafales
qui nous craquent dans les os
est plus dure que le marbre sur nos fronts.

Poètes, pour la paix,
il nous faut consentir
à ces funestes phrases,
et dans le visage de la mère
planter les rayons du soleil !

Et puis assez !
Oublie un peu ton pays !
Oublie un peu ta vénéneuse enfance !
La mère n'en finit plus de mourir dans tes bras.
Te voici toi-même sablier.

Où sont les arbres ? les rocailles ?
Les flaques pour avilir un peu la mer ?
Un fleuve me traverse
et ton visage piège
éperdument un geste, un écueil, un manège
de mots !

Draps sur ma tête ! Draps
sur mes genoux ! J'endure
une si vive nuit
que tout passe du sang à l'éternité
sans la douce halte du cœur.

Funambules débats pour à peine tenir
La clé d'une masure !
Toi, poème, dis-leur que nous étions vivants…

59

Exil bavard, exil
agrippé aux journaux !
Dans le sang les oueds se dessèchent,
les galets éclatent,
la lumière rouille.

Plus de girelles, des carpes !
Exil au cœur du Diamant.

Oh, quand viendras-tu, rougissante,
parmi le délire de nos pères et la terre remuée,
tenant encore dans tes mains le pain sec
comme un moignon ?
Quand, fugitive, arrachée à tes larmes,
pourras-tu regarder les choses les plus banales,
y prendre goût, chanter ?
Dans tes yeux nous retournerions au matin
(La plage s'anime de fraîcheur,
les premiers camions, avec les oranges,
déchargent les jeunes corps, le rire frileux.
Puis vient midi. L'éclatement ! La nage…)

Quand ramèneras-tu dans ce cœur une haie
de roseaux,
leur balancier d'écume entre la colère et le charme ?

Il faudrait que tu deviennes pour nous
lumière et négation de la lumière,
tendresse et le plus haut verbe du mal.

Dans ton sourire opaque, le jour
approcherait du jour,
la voix de ses structures.

Il y aurait des choses très simples dans le cœur,
l'amant comme la mère, sur la plane verdure,
toucheraient peut-être du doigt
le Visage Réel, le Monde !

62

Je n'appelle pas la connaissance de la mort,
qu'elle soit me suffit,
qu'elle trouve dans mes os sa tessiture et sa nichée.
Mais savoir que je vis pour façonner une chose,
si petite soit-elle,
qui me ressemble et trace
du monde périssable au monde perpétuel
un délit d'harmonie.
Notre chair, un instant immense, s'assouvit
d'éternité violente !

63

Ne rougis pas de cette chair
si friable dans le flux des algues,
ni de l'imagination complice
des grands athlètes solaires !

Le péché c'est autrui quand ton vœu le délie
de sa terre.
Si son regard t'acclame,
où est la mort ?

Des Pise, des cités dans cette chair friande,
non des remords !

Nous avons exalté nos muscles
à la franchise du plaisir,
nous avons été généreux
d'éclats et de brûlures. De fatigues
nous nous sommes embellis.

Maintenant, sur le sable,
les mots nous viennent par poignées.
Nous choisissons les plus acides.
L'amour les fertilise.

Ô solitude ! cet instant
où l'âme s'inquiète de sa forme
et l'aile d'un oiseau la couvre
d'une ombre plus épaisse qu'une marée de seigle !

Le nerf optique se brise,
la mère est coupée de notre souci.
(Vigilantes, sa pensée, ses larmes
ne peuvent plus nous quérir.)
C'est le soleil qui tombe, amis !

Ô solitude ! Bitume, regards sans lieu,
pluie indolore, fleuve sale,
ce qui traîne d'un désir,
l'invisible écharde dans le mot.

Et vivre !
vivre avec cette négation dans la vie !
ce fruit du ciel qui ronge l'arbre !

66

Précieux, la mer dilue vos noms.
Une brassée d'écume,
une poignée de chardons,
voilà dynamités vos horizons de tulle !

67

Le Chevalier du Mot, l'enfant bronzé
s'avance.
Sur sa langue, le sel.
Sur ses lèvres, l'amour.
Sur sa hanche, vers le cri, une piqûre de guêpe.

68

Porteurs furieux des gerbes mortes,
humanistes en la noire ferraillerie des livres,
que sommes-nous sinon
les officiants du bavardage,
les aèdes au miroir qui pâment à rayer le tain ?

« Éclairs ! » hurlent-ils sur leurs graffiti.
Orages ! quand le néon varie sur leur face.)

Que sommes-nous sinon
ceux qui saluent sur le dernier bloc du môle
le rêve ravagé du pêcheur qui s'éloigne,
ceux qui recueillent dans la brisure du filet
la dernière étoile de mer
(la prisonnière de nos meubles !) ?

Sans même un tourbillon,
dans la salive du donneur de joie
notre nom s'effondre !

69

À l'orée des oursins tes pupilles remontent.
La mer de face.
La ville sur nous.

Quelle soigneuse nuit
s'ébattait dans l'enfance !
quelle énorme parole la mère façonnait
pour enrouer la mort !
Et vous êtes venus !
Eux-mêmes, les oursins, aux chicanes s'écorchent.

70

À Mohamed Harbi

Il fallut cacher la première frappe, la plus claire,
brûler l'enthousiasme, en cacher les tisons
pour combattre.
Les lettres, les plus humbles lettres, les roturières,
merveilleusement
prenaient le sens du jour.
Mécaniques et voix, nous étions tout ensemble,
avec la chair brisée,
l'écriture du Peuple, la source délivrée.

71

Rien,
c'est un mot qui fuit
d'une vertèbre à l'autre.
Rien,
c'est une brindille
qui casse sous la joue.
Rien,
c'est dans un rocher
un peu de mer qui brûle.
Rien,
c'est la liberté
qui blesse vos pieds nus.

Derrière une broussaille, la lune s'apaise.
Le tâtonnant lave sa blessure.
La radio rauque se tait. Les femmes apportent la semoule.
Est-ce la paix ?

Reviens, Citadine !
Parle-nous de la mort de l'Ancêtre !

En offrande, les cigares pendaient aux géraniums.
Les bouquets pieusement furent posés sur les draps.
Les Vieux allumèrent les cigares.
La chambre s'emplit d'odeur, de rires effrayés.
Les adolescents sur la marche commentaient le match
    de football.
Et personne ne toucha aux fèves de cette veillée.
Quelle Saint-Jean mortuaire ! Quelles rafales d'ombre
    dans la cour !
À la porte de la mine, vers neuf heures,
la plus jeune fille du village fut violée.

À la porte de la mine,
entre l'argile et le fer,
ils clouèrent son foie et son gésier
(«et son gésier», nous dirent-ils),
et sur sa banquette à l'église,
ils clouèrent ses testicules !
Comme pour échapper à sa fresque,
le village descendit vers les planes étendues, vers les îles.

Mon cousin le Tortu s'enfuit.
On le retrouva, bien plus tard,
sur la colline, à gauche,
un petit coteau vert où commençait la vie.

(Et la postérité de ces hommes aujourd'hui,
leur postérité traite mon chef de barbare !)

Les rues sont d'anis,
le regard des hommes d'anisette,
c'est un orchestre de vaisselle
qui te salue soleil
quand tu roules au panier !

Labyrinthes d'escaliers, forêts de pins.

Ô longs délais ! ma voix ne passe pas la baie.
Tu me portes plus fort que tes propres entrailles,
mais tu ne m'entends pas, tu rêves ma bataille,
tes vers sont une épée rouillée dans l'océan.

Je suis comme une terre abîmée dans le vent,
et ma plainte et ma plaie ne passent pas le vent,
et dans le vent mon vœu m'assiège et m'époumone.

Ô longs délais ! Mon fils ! c'est comme si personne
au fond de moi vivait plus violemment que moi !

Frappée à la hanche, te voici maintenant
comme au Gué de Jabok l'homme à l'homme noué,
comme Tiski la Boiteuse, mère nomade des Sahariens
    Voilés,
attentive au cheminement des Violateurs dans notre sang,
muette sur l'origine,
acharnée à calquer sur nos lèvres la voix infidèle et
    touffue du Père.

Tes lettres sont lointaines.
Tes signes nous atteignent
à travers des maquis noyés.

Qui donc es-tu ?
Je t'interroge en mon miroir,
ô Citadine !
morte qui circules dans l'oubli
pour m'assurer de ta puissance !

79

Ne dis rien
pendant longtemps
la Seine ovipare
dénie mes galets

Le sang sur les doigts
fait mon brou de noix
ne dis rien
pendant l'hiver

J'ai ton aubépine
au bout de la langue
qui raye le temps
ma mère est exsangue

Fini le printemps
finie la harangue

Ah, chant délicat ! Chant de morsure !
J'érige à ton flanc un chant de sciure !

Ne dis rien
fini mon bien
cette stèle ne m'est rien.

Jacques entreprend sur sa guitare
des aventures fabuleuses :

« Elle a la tête juste,
Elle confesse mon cœur,
Elle parle à mes caresses,
Elle a des rires aigus,
Elle a du monotone,
Fraîche comme un sapin,
Brune comme l'automne,
Épouse du soleil. »

Jacques pirogue vers très loin.
Ses doigts sont de jour, ses ongles de nuit.

Je ne rougis pas de mes fêtes.
Ô disques médiocres, populaires,
cinémas de quartiers, piscines
délirantes, par où la poésie (ma baroque !) s'infiltre
et soudain dans l'humide éclate en éclaircies !
Ce rire, il nous nettoie de toutes les anthologies !
il brise vos roues, Superbes ! il nie vos aérolithes !

Poèmes de dénigrement ?
Non !
Contre votre orgueil,
vos prétentions,
une touffe d'absinthe,
l'ail aux doigts de ma mère,
les pavés du Père, sa ferraille,
et la haie de roseaux
pour où nous arrivait tout un plaisir de barques !

83

Politique,
moi ?
Politique,
le soleil ?
Politique,
ce besoin de vivre,
moi, dans la paix, au soleil ?

(Naguère le chef ne demandait qu'une chose :
son cheval face à la mer.
Demain le chef ne demandera qu'une chose :
son cheval face à la mer.)
Politique,
ce pus qui nous bouche la mer !

Ne sommes-nous que cendre et terre aménagée,
qu'amertume de cèdre et ferrailles volées,
que silex émoussé au ventre de la mère ?
Ne sommes-nous que nuit,
que sites chahutés,
que chicanes, varech, oursins fétides, souvenirs
d'un très ancien rivage où le soleil ne devait pas pourrir

« Regarde, dit le chef :
ce galet c'était un œuf de serpent. »

Oui, mais le Temps a le temps
De nos pas !

« Nous, Nous avons notre certitude, dit le chef,
Nous dénouerons la brume.
Nous aborderons aux galets
Nos enfants seront fiers et inconscients. »

Dans la brume,
je parle, j'écris,
aux terrasses de la nuit.

Dans le soleil,
mes frères meurent
à la vitesse de nos rêves !

Au détour d'un buisson,
d'un espoir,
d'un prénom.

… Légende,
quand nous voudrions
un sablier encore…

87

Mohamed Larbi Ben M'hidi, Ali Boumendjel.

Pieds et poings liés,
ils se sont pendus ?
ils se sont jetés des hautes terrasses ?
Feu sur vos mensonges !
Vous avez insulté la fierté de nos races.
Vous avez insulté le cri et l'esprit.
Vous avez « suicidé » nos volontés de vie.

Mais le chanvre a poussé pour que lui soit rendue sa
    terre véritable.

De vos cordes de mort
nous tressons nos fouets.
Le dernier souffle des héros
alimente nos forges.

Vous avez péché par l'esprit.
Nous vous chasserons par l'esprit.

Le sang de nos martyrs, leur unique pensée,
fleur vigilante, lève avec l'orge nubile.

Toute votre science est épave
dans la raison pure du peuple,
dans ses matinées graves,
dans son amour déterminé, paisible.

88

Parfois dans mon sommeil
un grand manège d'agonie m'accable,
et j'entends la note bleue du diable
dont mon frère Henri Kréa
se sert comme d'un cran d'arrêt.

Nous avons les mêmes héros,
la même beauté vertébrale,
aux terrasses de l'exil
les mêmes journaux pour nous meurtrir.

Et cette voix commune, fidèle à l'espérance,
où crépite la rauque syllabe
des messagers de Blida.

« Petite rose du Sahel,
nous t'avons préparé une terre amicale.
Bientôt, à chaque rafale,
c'est une grappe de glycines qui répond,
une mécanique heureuse.

Nos enfants sauront lire.
Ils connaîtront nos actes.
Ils appliqueront la vertu. »

89

Sœur Véronique,
je vous ai vue dans la broussaille
comme une grande colombe nocturne,
les mains froides encore de l'agonie du Fils.

Votre parole était plus rare que le pain dans la mechta
et dans votre œil si bleu
– ô tabernacle de justice ! –
c'est le visage basané du Fils
à l'heure où le fouet et l'éponge se relayent
que j'ai vu.

Sœur Véronique,
en cette étroite contrée
tendus vers le seul cri de Dieu martyrisé,
vous nous avez rendu l'Église, la Rebelle !

90

Capitaine Alexandre[1],
comment distinguais-tu la nuit
du grouillement des cafards ?
La profération du fils du péché féroce du père ?

1. Le poète René Char dans la Résistance française.

Peut-être suffisait-il de poser son pied nu
sur l'herbe humide,
et sans même rêver,
d'écouter un instant sur l'étang s'éveiller
La torche des étoiles…
Peut-être suffisait-il de regarder l'ennemi,
l'Ennemi à masque d'homme…

Capitaine Alexandre,
est-il possible de dire «oui» à la mort des autres et de
   vivre ?
Est-il possible de vivre
avec cette rumeur dans le sang ?
«Face à tout, À TOUT CELA
un colt, promesse de soleil levant !»

Le soleil reste pur sur la face du chef,
mais en moi le déclic a mutiné l'enfance
et nul été n'aura de prise sur ce givre.

91

«Ma colombe m'a délaissé…»

En la nuit de circoncision, le Cheikh provoque l'ombre.
Les arômes l'honorent, une Babel de sucreries.
Graves, les aïeux ferment les yeux, touchent le Centre.
Les adolescents fixent l'archet, se taisent,
un instant suspendent leur souffle à l'éternelle compas-
   sion.

Au-dessus du patio, le frais mystère des femmes
    s'ébruite.

« La colombe que j'ai élevée dans mon sein
a fondu sur moi comme un épervier. »

Nuit d'avant les éclairs…
Dehors, la police patrouille,
des loques agonisent dans les couloirs glacés,
la pluie frappe les enfants près de l'Archevêché.
Sous le Balcon de l'Impératrice,
il n'y a plus de sérénade
ni la complainte d'El Anka…
Un orchestre de râles
et le circuit des rats.

92

À Robert Llorens

Sur la place du marché
ils ont exposé son père.
Dans la nuit froide la pierre
cherche une aile où se poser.

À Rivet parmi
les genêts et les vignes.

Harcelés de légendes,
le front collé aux vitres,
les phtisiques aspirent
l'haleine abrupte des guerriers.

À Rivet parmi
les genêts et les vignes.

La fontaine est silencieuse
où les massacrés venaient boire.

Un grand ciel envenimé
nous écorche la mémoire.

À Rivet parmi
les genêts et les vignes.

Les villageois se barricadent.
La mechta brûlée vient les mordre :
ils ont peur de rêver.
Le cœur aux chardons, les meilleurs se taisent.

Pays de morts et de mourants,
pays de terribles vivants,
pays de l'espérance abrupte !

À Rivet parmi
les genêts et les vignes.

93

Il est né l'année des paras,
l'année où d'énormes sauterelles mécaniques
ravagèrent nos villages,
l'année où dans son exil
un poète écrivit pour lui
ses chants les plus tenaces,
essayant de contenir notre souffle dans ses vers,
l'honneur d'El Djezaïr.

Ô phrases simples sous la lampe,
toutes plaies ouvertes, je vous entends !
L'avenir est notre bien.
Nous avons rendu certains mots inutilisables :
tessons, haine, injustice, terreur.
L'enfant peut courir pieds nus sur la plage.
Beauté ! Négation des ténèbres
au cœur de la plus froide nuit !

94

Jeunes gens de mon pays,
j'écris pour vous dans l'avenir,
vous qui viendrez libérés de la colère des ancêtres,
vous pour qui je ne serai plus l'oppresseur.

Vous ne fermerez pas la fontaine à ma soif,
ni jetterez à mon amour
l'os vigilant de vos charniers.
Malédiction bavarde ! Démagogies du Clan !
Que je me nomme Jean ne sera plus pour vous un signe
    d'injustice.

Jeunes gens,
un vieux monde en moi croule
et le grain se détruit.

Oh, j'appelle la nuit !
Que la nuit passe vite !
Au jour je vous salue.
Vous me reconnaissez.

Éveillez-vous sous la caresse âpre du sable,
dites à mon cœur des mots innocents.
Une saveur de coquillages pour envahir notre conscience
et nous rendre le lieu le plus nu du sang.

Là s'ébattent, parmi les graffiti bourrés de lumière et
    d'espace,
des enfants sans inquiétude, sans terreur,
des femmes sans mutilation.
Nos labyrinthes ne sont que marelles
Nos colères ne vont pas plus loin
qu'une veine qui se gonfle.
Nous sommes assourdis du vent des caravelles,
dans nos congés les périssoires triomphent,
ô jours ! Jours au-devant du crime !
Sous nos pieds les trembleuses
agrafaient leurs brûlures
– douleur très affable ! douceur !
L'air était conséquent.
Nous vivions à grande eau !

Veillons, Frères volubiles.
L'heure taciturne approche.
Aurons-nous le courage
d'accepter les Visitations ?

Naissance ténébreuse, je ne t'ai pas vaincue.
La terre à travers mes os cingle
vers le rivage amer où le Père institue
son mensonge. Sur le varech il fonde
un collège nocturne, friable et plein de fruits.
Sur leurs chevaux les militants accourent
et, sur les terrasses, dressent leurs théories face à la mer.

Rivage aimé ! je n'ai jamais pu naître.
Je ne suis que le roi du ventre de la mère !

Père, ô mon assassin, je suis comme ce fleuve
qui, désirant la source, a perdu le courant ;
il aboie à la mer, ne peut jamais l'atteindre,
et l'invente et bleuit le désert un instant,
mais le soleil l'avale et le sable le prend.

Mon visage incomplet cherche un nom pour parfaire
sa courbe où l'univers apaise ses sursauts.
Mais le Père me fuit.
Il entend mon délire au midi de l'averse,
il n'écoute jamais mon appel qui le herse,
il est sourd à mon cœur, de sa plaie le jumeau.

Ô sécheresse sur sa peau ! ô ma lithographie nomade !
Mon père sans pitié m'a livré à ses fables !

Nuit féroce, nuit venez !…

Notre union ne peut être fondée que sur la défaite du
    Père.

Ô mains pures,
consciences royales,
icebergs !

Nous sommes orpailleurs,
ne craignons pas la boue !

Nos mains tourbillonnent dans la vase
à l'affût des astres éteints,
pour les ramener à la surface,
pour en tailler des diamants,
pour rayer les vitres opaques.
Nos enfants affronteront le soleil.

De nos mains sanguinaires
bâtissons une digue
contre le Sang.
Non pas l'Homme
mais les hommes !

Ô mains pures,
icebergs !
Sur vous viennent périr les dernières mouettes.

Fresque de Tiliouat

À l'orée des cavernes ils réclament
une aurore boréale.
Ils brûlent des vignes.
Ils se consument.
Ils ne récoltent que laves.
Ils torturent le feu pour en tirer l'espoir,
un bleu, un rose, une tendresse à peine susceptible.
Parfois ils se regardent et leurs yeux disent :
Est-ce le jour ?
Hommes confiants,
hommes vigilants,
hommes simples !

*

À travers de rauques labyrinthes,
roches moisies et bidonvilles,
ils atteignent le centre, un réduit d'effusion.
Leurs conciliabules secrets
emplissent la ville de terreur.
À l'aube ne demeurent
que l'odeur des quinquets,
les mégots froids,
et sur les parois
l'euphorie d'un ongle.

*

Quand ils parlent de l'avenir
leurs muscles se dorent,
un bruit de matinées
bourdonne sous leurs dents.

Ils sont fiers. Ils sont comme
un croissant de lune dans la ténèbre du néon.
D'un seul regard sur les nuages
ils tracent une fresque âpre, grandiose.
Ils nous disent : « Lis ! Raconte ! »
Par bribes nous leur révélons
qu'ils sont des héros.

100

« Parler de soi est comme une indécence… »
Henri Alleg

J'ai osé parler !
J'ai osé te saluer, soleil !
Mon cœur, j'ai osé vivre au rythme de ta joie !
Le cri des torturés n'a pas brisé ma tête !

Ô injustice du monde !
Nuits sur toute la surface du corps !
J'ai osé dans l'exil nommer votre souffrance !

Ô frères !
J'ai vécu de votre dignité.
Vous nous avez rendu quelques mots habitables.

À Ahmed Taleb

Ahmed,
parmi tant de désordres,
rivière positive,
tu liais aux courants marins
ma sécheresse.

Ton nom
pour effarer les hyènes,
croissant lunaire de l'exil !

Nous avons lacéré les affiches du froid,
affûté nos phrases pour le service du peuple,
dès lors que peuvent leurs barreaux ?

Nous levons les yeux.
Le faucon captif a des frères
innombrables.

Nous sommes irrigués d'une espérance tenace.
Jamais tu n'as été si libre,
si près de notre joie,
si beau :
le peuple avance !

102

À Abdelkader Kallache

C'est un printemps de déchirures,
de papillons sur les masures :
PACIFICATION = EXTERMINATION

C'est un printemps de reniés,
de morts, de mensonges dorés :
ASSEZ DE TORTURES EN ALGÉRIE !

C'est un printemps comme un délit,
comme une flamme sous la pluie :
VIVE L'ALGÉRIE INDÉPENDANTE !
C'est un printemps comme un fusil brisé !

103

À l'heure d'aborder si je ne suis que cendres
comme ces feuillaisons grises dans le désert,
si je ne suis qu'un peu de mémoire agitée
dans les relais de l'ombre,
ô frères approchez vos lèvres de l'écrit,
aérez le poème et donnez à mes mots
leur haleine, face à la mer.
Car je les ai voulus charnus,
en tout semblables à vos désirs.
De dures saisons nous ont marqués.
Le corps rompu, oh, que le corps rompu
ne passe pas au poème ses plaies !

Je t'aime, il faut trouver les mots
qui soient les jumeaux du silence.
Il faut accueillir chaque objet
comme un compagnon de nos jours.

Et respecter la plus banale des paroles,
le geste le plus familier,
les heures qui font de plus en plus
ténue notre clarté,
notre volonté de vivre
heureux,
avec tous ceux qui nous aiment,
ceux qui ne nous aiment pas,
ce vaste monde dont la courbe
s'épure à chacun de nos pas.

Et quand la nuit nous frappe,
l'affronter avec dans nos yeux
la volonté du soleil
afin que le soleil triomphe
et que dans nos mains ouvertes
le premier venu puisse lire
notre fidélité au jour.

Je t'aime, nous sommes fidèles à nos rêves.
Nous sommes fidèles à la paix.

Paris, 7 juillet 1956
27 mai 1957

COMPAGNON DANS LA NUIT[1]

« *Guérir le pain* »

« Si tu détruis, que ce soit avec des outils nuptiaux. »

« La vraie violence (qui est révolte) n'a pas de venin.
  Quelquefois mortelle mais par pur accident. »

« Dans nos ténèbres, il n'y a pas une place pour la
  Beauté. Toute la place est pour la Beauté. »

« Être du bond. N'être pas du festin, son épilogue. »

« Où l'esprit ne déracine plus mais replante et soigne,
  je nais. Où commence l'enfance du peuple, j'aime. »

MERCI À RENÉ CHAR

---

1. [Note de Sénac :] Certains de ces poèmes ont été édités dans *Matinale de mon peuple* (1961) sous le titre « Diwân de l'État-Major (Fragments) », avec des dessins d'Abdellah Benanteur, d'autres dans *Poésie*, ouvrage d'art (1959), sous le titre « Diwân du Môle », avec treize eaux-fortes du même illustrateur.
La plupart de ces textes ont été publiés en revues entre 1956 et 1962.

DIWÂN DE L'INESPÉRANCE

PRÉFACE À UN DIWÂN

Nous avons fait des efforts considérables pour être français,

et par une paradoxale tendresse c'est à Racine, à Mallarmé, à Char, à Éluard, à Bonnefoy que vont le plus naturellement nos cimes.

Mais en nous d'abruptes syllabes, toute une barbarie de cris nous guettent, l'emphase au front de mule et au front de taureau.

Voilà, nous sommes d'Afrique, et nous l'acceptons aujourd'hui.

Le chant qui monte à travers tant de races, à travers les remblais d'affrontement et de refus, c'est une vieille litanie de guerre, un lamento de paysanne, la stupéfiante franchise d'un adolescent nu, c'est la mer.

Alors, il faut consentir. Il faut que l'arbre donne le fruit de ses racines, et la mer des oursins plutôt que des étoiles. Une mélodie baroque est en train de naître vers le ciel.

Ceux qui l'écrivent, ceux qui commencent à en percevoir la grâce, sont encore pour un temps solitaires, exilés. Sur ces landes précieuses où évolue la poésie d'aujourd'hui, parmi la scintillante froideur des diamants et l'étale splendeur du néon, comment pourrait-on distinguer ces torches irrespectueuses, ces arbres tout suants de la lumière du jour ?

Mais baroques et pauvres, si nous avons l'âme impulsive et la chair téméraire, nous sommes aussi patients dans nos œuvres. Ce qui compte pour nous, c'est de vivre à plein sang.

1ᵉʳ juin 1958

Mort à mes cendres, mort au marbre !
ce que je veux c'est le désir,
la noire volupté du sable,
l'éclat gluant du sexe sous la main !

Ce que je veux c'est le chemin
de la mer au soleil, le pain
de la bouche à la plaie, le sein
où pouvoir reposer un peu cette misère
infinie, cette mappemonde qui de toute part
fait éclater ma peau, cette volupté
plus vivante que Dieu au centre de l'hostie !

Ce que je veux c'est sous tes yeux
cernés pouvoir encore jouir jusqu'au matin
et tout le jour jusqu'à l'inespérance.
Ce que je veux c'est cette amère éternité de la mort
qui donne à tes membres leur violence.

1er juin 1958

À ceux-là je dirai :
n'apporte pas tes soucis.
Le crépuscule nous a frappés très haut,
les miettes ne peuvent nous suffire.

À ceux-là : sur tes lèvres garde
l'odeur de lait, l'odeur de miel
des jeunes corps, l'odeur de sang
(tes yeux cernés, ton sexe lent
nouent mon éternité d'oiseleur pris au sang).

Soleil aimé,
soleil du jour,
à ceux-là je dirai :
n'entraînez pas l'amour
sur ces remblais où le hibou peut nous surprendre.

J'ai rincé les fruits.
Nous avons donc perdu l'habitude de la terre,
ce goût des âcres sueurs,
des passages d'abeilles et des orages.
Et le sulfate lui-même était la terre !
J'ai rincé toutes choses dans ma vie.
Mais toi, ô mon désir, ô damnation, demeure,
demeure pour me lier à l'incontrôlable saveur de la terre !

Je veillerai donc
et j'irai au-devant des infinies connaissances.
Dès la nuit, dans la ville,
je prends l'affût des signes, des visages.

2 juin 1958

J'écoutais ton appel contre les persiennes.
À peine un ongle, et tout autour la peinture s'effritait.
Dans le nu du plâtre un enfant
sur ses dents cariées me disait que le jour
approchait sûrement.
Je voulais parler.
Il posait son doigt sur ses lèvres.
L'avait-il posé sur les miennes ?
Je me taisais.
J'écoutais la foudre silencieuse
autour de moi dresser la table des absents.

1er juin 1958

Toute tendresse est infinie
le temps que coule ton plaisir
et que sèchent nos draps.

Toute tendresse inaltérable
le temps qu'autour de tes fragiles bras
je lie et je délie les ordres de la fable.

1er juin 1958

Cette première nuit liquide
où patiemment tu pris la route
parmi les gestes éperdus, les râles inconscients,
l'énorme jouissance étrangère,
où tu pris chair contre leurs cris.

Et cette matinée où l'air t'envahit,
te déplia comme une voile
éblouie parmi les mouettes.

Ces nuits où ton rêve a pris corps
dans la gluante nuit des corps
et l'insatiable odeur de la mort routinière.

Lieu des surprises
et non de l'espérance.
Non point le lieu du marbre
mais le seuil des cohortes.
Rogue désir
le temps y perd ses ruches,
ses averses, son néant.
La chair est le lieu des passages
et le Phénix s'y est repu
abandonnant ici quelque ponte cruelle.
(Le soleil l'a repris,
nous sommes déserté,
roc animé par les fourmis,
criant vers l'herbe ancienne,
et pour notre répit
mythifiant sur la trace de l'oiseau fidèle.)

2 juin 1958

On dira de toi : il était ceci ou il était cela.
Mais ce qui importe,
la seule chose qui importe,
c'est que tu accordes tes pas à la poussière,
que tes semelles en épousent la courbe et l'élan
sans jamais t'isoler,
qu'elles soient clémentes et non protectrices,
et les plus fines possible,
puisque telle est notre vie
et que dès l'enfance
tes pieds furent sevrés de la terre
et ta chair aux meurtrissures livrée.

2 juin 1958

L'ALLIÉ DES DÉCOMBRES

Toutes ces contradictions qui nous conduisent
de l'extrême tension de la chair
à cet arc de plus haute durée : la sagesse,
et au-delà, vers une ligne d'horizon
soumise à ton faste : le verbe.

Toutes ces pures insomnies
pour maintenir – ô féroce ! – le rêve
de la première nuit dans l'astre maternel.

Des marelles aux rides
toutes ces vanités
pour retenir un mot exempt sous les souillures
et qui marche à tâtons dans la froide clarté.

3 juin 1958

J'écrivais sous le choc
l'audace des décombres,
j'allumais un feu
j'y traçais mon ombre.
La mer me reconnut.
Je figurai ma loi,
et lorsque je fus nu
je pus grandir vers toi.

3 juin 1958

Le roc témoigne,
et jaloux du sable où s'étendent les corps,
face à la nuit,
il attend calciné la vague aventureuse
et son innommable déduit.

Et cette parcelle de lui
que la tempête rend au sable,
aux jeunes corps,
à tout le doré de la terre,
à tout le mobile du jour.

Je ne sais pas qui je suis, qui écrit, et pourquoi et à quel moment ? Ma voix, je ne la reconnais pas.

Toute cette chaleur, cette abrupte rigueur, ces lointaines plongées qui me forment, c'est comme un tâtonnant qui n'en ramène que les fragments, et qui, éperdument à l'écoute, transcrirait, comme hypnotisé, un chant qui ne vient pas de lui. Ce que je veux écrire, c'est ma chair, mes tumeurs, mes failles. Et il n'en sort que des mièvreries d'âme, une primaire qualité !

1er juin 1958

DIWÂN DE LA CONSCIENCE POPULAIRE

Diwân de la conscience populaire est un recueil que Sénac n'a jamais mûri et concrétisé. En octobre 1962, le poète présentait deux poèmes, «Istiqlal el djazaîri» et «Ces militants» (qu'il regroupa sous le titre de *Aux héros purs*), comme étant des extraits d'un volume à paraître sous le titre significatif de *Diwân de la conscience populaire*. Dans ce projet inabouti, Sénac pensait regrouper ses poèmes engagés dont les titres et les dates d'écriture correspondaient à une actualité immédiate productive : avant le retour du poète en Algérie («Les fils de l'alphabet» et «Istiqlal el djazaîri»), son arrivée enthousiaste («Soleil de Novembre»), son premier constat culpabilisant («Honte Honte Honte 62»), sa première thèse militante («Éloge de la réforme agraire et de la langue du peuple»), le prolongement de son engagement mondial initié en 1961 dans *Matinale de mon peuple* («Afrique» et «Cuba»). Ces textes trouveront place dans la presse algéro-française. Rassemblés tels qu'ils figurent ici, ils devaient paraître sous l'intitulé de *Diwân de la conscience populaire* en 1966, avec une réédition de *Matinale de mon peuple* (coédition Éditions Nationales Algériennes-Subervie). Le poète, comme durant la guerre d'Algérie, se voulait, aux lendemains de l'indépendance, le «copiste intègre» d'une «révolution perpétuelle».

LES FILS DE L'ALPHABET[1]

La nuit ni le désordre
la mort
n'ont prise sur le cœur ouvrier
à l'œuvre.
Ni les orages
contre le sourire
à l'ouvrage.
Ni le doute ni la parole amère
quand la poignée de la Révolution
aimante votre
main
vers d'autres
mains.
Ni l'ancienne lassitude quand la fête
allume le cœur paysan.
Grande lumière oui très grande !
À la fenêtre les camarades se penchent
pour saluer,
vigilants et rieurs.
Et les femmes passent
heureuses de porter en elles
les premiers fils de l'Alphabet.

1. *Esprit*, n° 2, Paris, février 1962.

ISTIQLAL EL DJEZAÏRI[1]

Lorsque nous serons en vue du Môle,
je donnerai libre cours à ma jubilation,
à la voix du peuple j'unirai ma voix, et
d'un même élan nous chanterons Algérie,
ô ma mère, ta jeune liberté.

Jour appuyé sur les décombres.
Nous étions encerclés dans notre exil bavard.
Vous étiez, invisibles, l'espérance agissante.
Si nous tenions debout, ce n'était qu'arc-boutés sur
    votre regard
Un mot de vous et nos phrases étaient broyées.
Un mot gonflé des sèves pudiques de la souffrance
– quelle justesse alors sur nos lèvres ! Quel soc !
Vous étiez dans l'ombre l'armée du soleil.
Nous le savions. Nos palabres semblaient inutiles
mais une syllabe parfois

jumelle de vos songes (fille de montagnes ? Casbah ?)

flamboyait sur nos tables
et nous disions : voici le pain,
voici le jour.

1. Publié dans la plaquette *Aux héros purs, poèmes de l'été 62* en «Édition
Spéciale pour Messieurs les députés à l'Assemblée Nationale Constituante,
Alger, octobre 1962», puis repris presque intégralement *in* l'anthologie
de Denise Barrat *Espoir et Parole*, Paris, Seghers, 1963 ; réédition : Paris,
Lierre et Coudrier, 1992.

*

La nuit fut longue,
innombrable la haine,
nos phrases en sont toutes gâtées.
Nous allons pardonner mais nous n'oublierons pas
afin que plus jamais la bête ne surgisse.
Nous connaissons le nom des pierres pour bâtir,
leur place, leur qualité.
Nous allons rendre l'homme à l'homme.
À la place des cris nous allons mettre l'acte.
Le sang nous a brisés, le sang nous a sauvés.
À nouveau le soleil bronze le corps du peuple.

*

Il y a dans le sourire de nos gosses (misère soulevée !
    nostalgie sourcière !)
une telle santé, une telle faim de science, une telle audace
    de la pensée, que nos cœurs crispent,
nos poings.
Armons-nous, camarades. Dans les yeux du soleil plan-
    tons notre certitude.

*

Un livre dans la main du peuple.
Ils prennent le livre,
ils s'émerveillent d'un mot, d'un signe,
rien n'a changé mais le pas est plus franc.
Ils se prennent à rêver d'un monde moins cruel,
d'une maison plus sûre,
ils mettent dans leur cœur un jardin
et ils le réalisent.

Les hommes que je vais rejoindre,
notre action sort du même soc,
notre rêve du même roc,
eux le geste et moi la parole.
Avec mes défauts, avec ma nuit qu'ils vont laver d'une
    grande salive,
eux la force et moi les mots de la force.
Pour la bouche du peuple et son muscle affûté
moi le désir eux la naissance.
Réforme agraire Enseignement.

*

Jeunesse, notre vertu !

*

Donnez-moi une phrase qui ne sorte pas de la tête,
qui jaillisse de la réalité du monde
(dauphin bondissant dans les vagues
sur ton sillage ô liberté !)
qui marche à votre pas vers un seul objectif :
le bonheur de l'homme à restituer aux hommes
(je n'ai pas dit à l'homme,
aux hommes
– avec leurs plaies !
Nous laverons ces plaies ; sur elles fonderons le Signe
    de Concorde.)

Peuple architecte,
sur chaque cicatrice une pierre est posée.
La mémoire s'ouvre – grenade d'abondance.
Bonne faim pour ce peuple jeune
de pain et de savoir.
Jubilation et Paix.
Il y a pour cette Cité
un chant à mettre en place.
Il y a pour ces hommes
le pur visage de leur rêve
à tirer de la vase.

Qu'ils sont beaux les porteurs de nouvelles !
Ils disent : « Paix en Algérie. »
Nous savons que nos frères sont libres,
nos sœurs vivantes dans les douars.
Peuples héros, le jour sur leurs lèvres tressaille.

*

Ils disent : « Ta mère sourit.
Dans ses cheveux la guerre a oublié ses cendres,
mais elle reprend plaisir aux ruses de son peigne ! »

*

Et l'image de nos martyrs est là comme une pierre
    d'angle,
comme un ciment, cinq doigts contre l'erreur.

*

Nous savons que le jour se lève
triomphalement,
et qu'un sang neuf se lève,
veines et pipes-lines,
pour animer le corps du peuple.

*

Qu'ils sont beaux les porteurs de nouvelles !
« Istiqlal el djezaïri ! »
Qu'ils viennent pour l'émerveillement du cœur,
et qu'ils aillent répétant :
« Là était la ruine et là est le nid. »

27 juin – 5 juillet 1962

CES MILITANTS [1]

Yahia ach chaab !

S'ils sont armés
c'est de roses nocturnes

Ils ne savent battre
que le rappel des cœurs

*

Hommes de l'ombre
rendez la lumière à ce peuple,
rendez-lui la santé
et qu'il soit architecte.

*

Analphabètes,
ils lisaient dans les yeux de leurs frères,
dans les mains des bâtisseurs
les seules lettres qu'ils comprissent.
Ils disaient : « Il est temps de vaincre nos brindilles,
d'émettre une forêt,
de gagner sur notre nuit
ce que nous avons gagné sur la nuit des autres. »

1. Publié pour la première fois dans *Jeune Afrique*, Paris, n° 10 du
7-13 octobre 1962. Repris dans la plaquette *Aux héros purs, op. cit.*, et dans
l'anthologie de Denise Barrat, *Espoir et Parole, op. cit.*

Analphabètes,
comptables précis de l'ordre et du savoir.

*

Ne cherchez pas
c'est dans ce cœur
que le jour

est à jour

*

Ils ont appris à lire
pour les autres
pour tous
ils ont appris à construire
pour les autres
ils ont appris à se battre
pour les autres
pour tous
Pas entre eux
pour tous

*

Si une lumière marche
les lumières immobiles finiront par la suivre.

*

Ils n'affirment pas
ils prouvent

Leurs mots
à l'air
prennent
Ciment
et non rumeurs.

*

C'est au sourire du peuple
qu'on sait s'ils ont raison.

*

Leur pain
ils le font de farine
non de papier.

*

Ils n'ont pas à contraindre
leur vie est don perpétuel

Ils ne possèdent
que ce que les autres possèdent déjà.

*

Du laurier au laurier-rose
il n'y a qu'une douleur
Ils le savent
ils sont humbles.

211

*

Ils ne pèsent pas sur nos épaules
parce que sur leurs épaules
même le soleil est léger.

*

À ce qu'ils apportent la joie
la confiance
l'élan
vous les reconnaissez.

*

Ô ces dents éclatantes de la Révolution !

*

S'ils sont armés
c'est de roses nocturnes

Ils ne savent battre
que le blé.

1er septembre 1962

SOLEIL DE NOVEMBRE[1]

Ce que j'ai vu en arrivant dans ma patrie ce sont les yeux.
La Révolution a donné un regard à ce peuple.
Beauté de nos gosses à l'orée du jour !
Quelle certitude et pour nous tous quel pacte !
Voilà un devoir tout tracé : le bonheur et l'Homme à
    restituer aux hommes. Le bonheur, c'est-à-dire le pain,
    le toit, le travail, l'instruction.
Soleil une impitoyable franchise,
soleil dans le regard de tous !
J'avais rêvé. Ce peuple est plus grand que mon rêve.
Les plus beaux livres de la Révolution sont les murs de
    ma ville :
« Nous ferons de l'Algérie le chantier de l'énergie popu-
    laire. »
Au-delà du cœur brisé.
Unis, nous construirons ensemble la Maison du Peuple
    éveillé.

Alger, 10 novembre 1962

---

1. Publié la première fois sous le titre « Novembre 62 » in *Al Chaâb*, Alger,
12 novembre 1962, puis sous forme de carte postale en décembre 1962,
enfin, dans l'anthologie de Denise Barrat *Espoir et Parole*, *op. cit.* ; intégré
dans *dérisions et Vertige*, Arles, Actes Sud, 1983.

HONTE HONTE HONTE 62 [1]

1

Ils dorment encore rue de Chartres
les pieds écorchés, les yeux froids
Enfants libres
ils attendent que la liberté les accueille
(la Révolution du moins leur a donné un regard).
Tant que les nuits seront cruelles
pour ces gosses abandonnés
sur notre front la parole
ne sera qu'une tache de boue

2

Enfants, vous aurez une école.
Du pain, un toit, un chant pour vivre.
Enfants, la liberté pour vous
ouvrira grand ses portes sur la dignité, le bonheur.

1. In *Atlas*, Alger, n° 1, 5 avril 1963.

Sinon,
chassez le poète de la ville,
renfoncez-lui ses paroles dans la gorge.

3

Si l'espoir pour vous
n'est pas aussi dru que le soleil
pourquoi sommes-nous venus, mes frères ?
pourquoi nos chants contre la nuit ?
pourquoi cette secrète confiance qui certifie au plus
   abrupt
que nos rêves n'étaient pas un songe ?

Quelque chose s'est mis en marche.
Le bonheur va vers vous.
Rien ne peut l'arrêter.
Sinon, ces vers par quelle audace ?

Alger, 15 novembre 1962

SALAM HERMANOS ![1]
La paix soit avec Cuba

De roses nocturnes et de blé
Tel notre chant pour saluer Cuba.
Un peuple s'est levé,
À peine une gousse d'ail, un grain de maïs,
Face à l'énorme potentiel du crime,
Et voici que sa parole
Ardente et claire – paysanne ! –
Impose à tout l'orchestre, à la machination,
Sa petite musique de liberté,
Et le monde l'entend
Et se réjouit.

La Soummam salue la Sierra-Maestra !

Il y a des années de cela (des siècles !)
Ces curieux bizarres tenaces hommes à barbe
Se sont mis en tête de donner à la liberté des syllabes
    espagnoles
Et ils l'ont fait.
Et ces syllabes ils sont allés les mettre dans la tête de
    tous les hommes
(et même d'une vieille « négresse » !
– curieux hommes, n'est-ce pas ?)

---

1. In *Al Chaâb*, Alger, 9 janvier 1963.

Et cette liberté a pris des proportions telles
– des proportions révolutionnaires –
Que tous les hommes l'ont mise en œuvre
Par la réforme agraire l'alphabétisation,
La conscience civique
Curieux bizarres hommes tenaces.
Il y a des siècles de cela.

Les Aurès saluent Guantanamo-la-Cubaine !

Frère, camarade, réveille-toi ! Elle est exaltante cette
  histoire.
Il n'y a des années de cela (des siècles).
Cette histoire est la nôtre,
Scientifique et belle comme un matin d'été sur les
  terrasses de Tlemcen
Libertad !
Houria !
La Casbah salue La Havane !

ÉLOGE DE LA RÉFORME AGRAIRE
ET DE LA LANGUE DU PEUPLE[1]

à Amar OUZEGANE

Je m'approche de la terre, elle respire.
Je colle mon cœur au sillon, les mots viennent – un envoi
   de grives !
L'ombre du paysan, celle de l'arbre sont jumelles :
la même volonté verticale de construire,
le même amour qui se passe de mots.
La langue du peuple : la pluie et le soleil qui feront lever
   l'âme.

Il n'y a pas d'arbre sans racine.

Je dis : retourne au cœur, c'est-à-dire
à l'égalité de l'homme dans sa terre,
à la science, ce soleil qui rend le fruit plus savoureux,
le blé plus dense,
Science et main de l'homme sont le meilleur engrais.

Il n'y a pas d'arbre sans racine.

La réflexion est une racine, la lucidité,
la foi de l'homme – et la joie aussi est une racine.
Le tracteur, la ferme collective, le comité de gestion,

1. In *Al Chaâb*, Alger, 26 janvier 1963.

la parole du responsable – et le café que l'on partage à
    la halte
sont des racines. La langue du peuple, parlée, revivifiée.
Le socialisme dans son âpreté quotidienne.
Sans racine l'arbre s'effondre,
la lumière se casse sans postérité.

Il n'y a pas d'arbre sans racine.

Mais si du même pas le cœur de l'homme retrouve l'âme,
la main, le pain, l'outil, le livre,
si la réalité donne ses lettres au rêve,
réforme agraire et arabisation, si ces deux sources
irriguent la terre nationale
et que l'arbre élémentaire s'affermit dans sa vérité,
alors toutes les greffes sont possibles,
les fruits sont là, sains, éclairés,
et les oiseaux les plus lointains multiples dans les
    branches.
L'heure de l'Accueil est venue, des Alliances fertiles.

Il n'y a pas d'arbre sans racine.
Sans la racine-mère il n'y a pas de paix.

Alger, « La Marsa », dimanche 6 janvier 1963

AFRIQUE – RÉVOLUTION[1]

L'Afrique se lève.
Elle apporte à l'homme son chant,
Calebasse nocturne où résonnent toutes les douleurs
Tam-tam de la lumière juste
Debout, camarades,
L'Afrique se lève pour un face-à-face lucide
avec les forces de la nuit !
Autour de nous, venus des siècles reculés, les insectes
    putrides croisent,
mais un homme écarte les branches, avance et dit son
    nom :
Lumumba !
Ben M'Hidi !
Fanon !
et voici que résonne à nouveau la calebasse de toutes
    les espérances,
Entre ses marais de stagnation, ses breloques et ses
    Mercedes,
l'Afrique pousse son chant vers les digues, l'océan, la
    Parole réalisée.
L'Afrique n'est pas seule,
elle est cette densité de la terre
qui prend visage de liberté.

---

1. In *Al Chaâb*, Alger, 19 avril 1963. Repris in *Pour l'Afrique*, textes
algériens réunis et présentés par Mustapha Toumi, Alger, SNED, 1969.

Et les femmes dans leurs pagnes

(les élégantes pour maintenir la racine et la fraîcheur
du jour),

les enfants sur le sentier de l'école,

le fellah sur son tracteur,

le docteur, le docker, l'ouvrier dans le signe immense
du derrick,

l'étudiant pour tenir de la phrase la scintillante promesse
de tendresse et de vérité,

tous, voici qu'ils mettent dans le grand soleil blessé leur
sourire,

et c'est une musique qui s'éjecte vers le monde,

jazz original, colombes noires,

fusée de l'espace le plus franc.

Et le monde s'ouvre à cette évidente certitude,

à ce rêve construit de mains saines, calleuses, quoti-
diennes,

et arrachées à leur callosité :

l'Afrique se lève

Malgré ses larmes, le mensonge, le sang,

se lève !

Et comme frappée d'une stupeur heureuse,

le monde se prend à murmurer

Afrique

enfin

debout

merci

POÈME – PROGRAMME[1]

Nous
avons
été
aliénés,
limogés,
li-
qui-
dés
dans un monde où la poésie n'a pas de sens,
le monde de l'argent, du confort et du mépris de l'homme.

Détaillés,
rejetés,
bou-
zil-
lés,
pauvres parce que nous étions avec les pauvres.
Nous avons été aliénés.

1. Publié sous forme de dépliant à Alger, en juin 1963, dans la série « Poésie sur tous les fronts », au profit du Fonds national de solidarité.

Dans le plus grand stade de Moscou.
Voznessenki
lit ses poèmes devant douze mille personnes.
À Constantine,
les meddahs chantent leurs poèmes sur les places
  publiques.
À Paris,
nous murmurions nos poèmes
à trente intellectuels
dans l'arrière-salle d'un café.
Où sommes-nous, camarades ?
Où sommes-nous, mes frères ?
Marqués par quelle gangrène,
par quelle étroitesse du cœur,
par quel oxyde turbulent ?
Ici,
en Algérie,
parce que nous écrivons pour un peuple
de douze millions d'habitants,
ici
nous allons rompre avec le vieux monde égoïste,
secouer nos semelles,
tremper nos cœurs à la fontaine
et chanter.
Pour tout un peuple
qui va nous reconnaître
sur les stades,
à l'usine,
dans les cinémas,
dans les douars.
Suivant en cela notre source,
l'exemple du conteur
et la foule réconciliée.
Ici, notre rêve est action.

Ô mes frères,
l'Algérie démocratique et populaire
attend que ses poètes lui parlent.
Ils sont là,
ils vont briser la vieille habitude monstrueuse
du petit cercle
privilégié.
Exposition, salon, club,
qu'est-ce que c'est ?
Et pour qui ?
Au front du peuple,
pour lui,
ils vont rendre aux mots populaires
la ferveur
populaire.

Révolution !
Révolution contre tous ceux qui, parce qu'ils signent la
    vieille et fastueuse
Europe,
n'ont pas encore compris
que la poésie est le bien du peuple
et qu'il doit lui être rendu.
Sur le stade de Saint-Eugène,
au « Majestic » à Bab-el-Oued,
salle Ibn Khaldoun,
sur la place des Martyrs,
au rempart des Gazelles,
sur la plage de Pointe-Pescade,
à Oran, à Tizi-Ouzou, à Sétif, dans les Aurès,
au Tassili,
nous allons lire au peuple
le poème du peuple.
Ce poème qu'il attend pour que monte la racine
intégrale du Cri.

Nous
avons
été
li-
qui-
dés,
et maintenant nous sommes debout,
frères combattants, frères militants,
pour la grande peur des ennemis
de la Révolution.

Nous ferons de notre verbe un bélier,
Nous enfoncerons les portes dorées.
Nous ouvrirons celles de l'espace.

Frères populaires,
pour ce nouveau combat de la libération de l'homme,
contre
la
nuit,
incorruptible,
le poète à votre côté
devient à nouveau terroriste
et jette la grenade
des
Revendications Poétiques du Peuple.

MARCHES D'HÉLIOS

Corpoème[1]

1. Le brouillon autographe de ce corpoème, déposé à la Bibliothèque nationale d'Alger, a été difficile à déchiffrer. Outre quelques termes quasi illisibles, des mots sont barrés puis surajoutés. Sénac a également dénuméroté certains chapitres, donnant ainsi un apparent désordre chronologique dans la rédaction. Enfin, il écrivait indifféremment Haje (le plus souvent), Hajé ou encore Hajè.
En dépit de ces contraintes, cet avant-texte présenté ainsi peut être considéré comme définitif, à l'exception de rares fragments qui sont signalés.

À Sauveur Galliéro, indomptable
présent qui m'offrit le Môle et me libéra.

1

C'est le destin qui a décidé. Fête de luxurieuse et aboyante frénésie.

Nous, nous voulions un lit de tendresse et la paix sous nos toits. Pas cette fragrance. Nos rêves en ont décidé autrement.

Dans le village à flanc de crête, les Signes se sont mis en route. Ils ont atteint déjà la Porte des Cactus.

Ikosia se prépare à accueillir nos hordes. Les garçons viendront en slip rouge et les filles nues. Sur la place du cheval, elles ont jeté leur linge dans de vastes brasiers. Ainsi l'ont exigé nos émissaires. Certains vont jusqu'à dire qu'elles s'en réjouissent.

Peut-être serons-nous reçus en libérateurs sans doute contestable ?

Hélios a déjà choisi son amant, un jeune député taciturne, à la peau sombre, aux cuisses dures et appelantes (nous l'avons aperçu sur la digue cet été), au regard de flèche brisée. Nous croyons qu'il se nomme Antar. Notre victoire sera cruelle et il acceptera.

Hélios, après l'avoir éprouvé, lui donnera le gouvernement de son peuple. Nous partirons plus loin.

Hélios libère et ne s'arrête pas.

Il épuise, il pétrit dans la démesure des fêtes. Il aime et ne tue pas.

La principale caractéristique des hommes d'Ikosia est leur lâcheté (virilisme bavard et lâcheté. Aussi leur jeunesse, leur beauté). Dans les hurlements et les gouffres, nous les forcerons au sublime. Nous les rendrons à leur falaise. Puis nous partirons.

Plus tard, peut-être, Antar nous tuera-t-il...

Pointe, J. 14 décembre 1967, 1 h 30

2

Nous ferons de leur âme un radar somptueux. Nous ne les mutilerons pas. Nous les quitterons plus riches et ils nous haïront.

Hélios connaît l'homme dans ses vertèbres et dans ses entrailles, dans son sang et dans son esprit. Dans sa moelle et son sperme, dans son souffle et ses excréments.

Et le connaissant, Hélios malgré tout aime l'homme.
Le sculpte, lui qui sait que cette statue fuit.

1 h 40

3

Aujourd'hui, Hélios interroge et le soleil ne lui rend
que l'éclat du soleil. À la porte, les porteurs d'éblouissants et les conducteurs de tourelles s'impatientent.

Sur leur affût les aspirants préludent:
«Aégo o illé tixeraïne illé illé!»

20 décembre 1967, 6 h 30

4

Il prendra dans mes lèvres la démesure. Mais ne
vomira plus.
Ni versera des pleurs sur son incertitude.

Chaque nuit il m'étranglera et m'appellera au réveil
d'un vocabulaire de jouvence.

Pour ce peuple de hors-la-loi nous ferons – en volupté
de silex, étreintes de jasmin – une loi hors les lois.
Chaque homme y trouvera place pour la liberté de son
nom. Et un lieu pour l'Autre Planète.

5

Mais si Antar… Et dans l'ancien regard Hélios s'engloutissait et rompait sa conquête.

Toute une après-midi sur la digue, il avait maintenu sa brasse anxieuse en ces pupilles et chaque fois en ce tunnel le chant d'abysse débouchait sur un consentement.

6

Le couteau sera inutile. Et l'édit. Nos hordes ne seront que le vrombissement de l'hymne. Mais hordes. Et l'inflexible plaisir. Mais le respect.
Nous conquerrons. Mais nous conquerrons par l'orgasme. Ce qui est licite perdra ses droits. Et sera licite le bonheur.

Comme le bonheur, fragile sera notre conquête. Frémissante.

Notre poigne, oh, plus féroce que pour les tendresses d'Onan !

Nous portons avec l'horizon. L'horizon avec lui nous porte.

(Fugace, Antar, notre passage, comme le temps de nos érections. Fugace, la terre. Le savons-nous ?)

Pointe, 20 décembre 1967, 7 h 15

Et Ighil, au même instant dans Ikosia, rêvait sur les prouesses de Jaâk et d'Hénamiel. Un magazine de la Cité d'Hélios les a fixés aux prises avec la balle.

Footballeurs ? Cosmonautes ? Ighil n'entend même pas les batteurs des remparts.

20 décembre 1967, 7 h 20

Vous ne respecterez que l'appel de leur corps, l'immense aveu de la planète en eux. Mais ni les gestes, ni les cris. Ne garderez des mots que la musique. Pas leur sens. Ne garderez que le sens obscur de la peau tout en âme.

Pour cela, l'euphorie, le désordre, le vacarme. Désorientés, passera en eux le seul Orient.

(Si Dieu est, dit Hélios, c'est là que nous le ferons naître.)

Jaâk sur son char épouille un jeune saha aux griffes de jade. La bête échappe. Jaâk rit. La bête revient. Rire et tape. Jaâk la bascule dans la tourelle. Grave, il écoute l'anomalie du soir.

20 décembre 1967, 7 h 25

10

Ne pleure pas, Illa, ni ne tremble. Les batteurs ne sont oiseaux que de notre courage, pas de la mort.

Que pourront les « hélisses[1] », Illa, si tu m'aimes et me fuis ?

Très doux, Antar, ramenait Illa chez sa mère, dans le quartier face aux îlots.

7 h 40

11

Mais toi, Antar, ne tremble ni pleure, car mon désir va décupler ta force et mon amour hanter les flancs d'Illa. Où tu passeras désormais, je serai. Hélios s'est mis en route. Cette route en toi, qui la bloquera désormais ?

(À cette heure, face aux îlots, tout plein encore des senteurs d'Illa, comment pourrais-tu comprendre ce que seul ton corps total sait, cette grande mer dans tes

1. Orthographe de Sénac.

os qui résonne, ce mouvement, ce grondement, et qui n'est pas la mer ?)

7 h 45

12

Lâcheté d'Ikosia ! Bandes, clans et tribus. Arrogance de trottoir. Derviches de café.

Paroleurs démusclés. Fanfarons. Puissance du bétail mais lâcheté de l'homme.

Dans l'intolérable ferveur de ma conquête, en eux, se mettent en route des frénésies d'atomes. Sous la peau molle de ces valets sommeille la splendeur du bronze. Gratter à l'épée nue, violer. Viol, ô pour façonner l'homme ! Mener au jour les hymnes de Phidias.

Mais, Lios, à cette heure chante. Morsures de ton chant, ô nuques ! crépuscule ! déchets ! Chante Linos. Puis nous envahirons.

Toute chair plongée dans le feu, démembrée, tordue, remembrée. Toute chair dans le vertigineux désordre de l'esprit. Viendront les ailes de bronze. Euphorisants. Bouillis.

Manuscrit d'Haje d'Ara
(parchemin sur peau d'adolescent).
Pointe, BSM, J. 28 décembre 1967, 13 h

13

Les phallophories n'étaient que des libations de pucelles, processions anodines, je veux la fureur du sperme dans leurs yeux et leurs mains constantes architectes des corps. Tout est à redessiner. Tout. Un peuple entier qui jouisse d'un seul cri comme le clitoris dans la langue du mâle. Aveugles, seul[1] aveuglés, ils pourront voir.

25 novembre 1969, 17 h

14

Obsédez-vous jusqu'aux démences. Qu'entre deux sexes ils ne puissent supporter de répit et se branlent, lave continue, hommes-torrents.

15

Hélios quitte le divan. Les coussins rejetés, son corps reflète l'île. Il sort. Dans chaque horde, sa sympathie s'active. Éblouissants, tourelles, tout est en ordre pour entrer. Ivresse des batteurs. Les îlots resplendissent. Lune, du miel pour les veneurs.

---

1. Orthographe de Sénac : seulement ?

16

Traversée d'un frisson Ikosia s'ouvrit comme cuisses. Hélios ne parlait, la main sur l'épaule de Jaâk. Sur les pavés l'angoisse des chenilles. Sur l'épaule de Jaâk la mer. Volets clos. Lit désert. «Où sont-ils passés ? s'émeut Jaâk. Leur respiration me traverse. Ne les sens-tu pas ? », dit Hélios. Il éprouvait cette cité dans ses vertèbres, les reins ceints de la haine de ses habitants et de leurs plus secrets appels. Vers lui.

17

À onze heures ils étaient tous sur la place. Au premier rang, notables et fanfarons, puis les athlètes, les graveurs de bouse, chroniqueurs de semelles et lécheurs de croissants, ventres replets, moustaches. Puis ceux de la terre, ceux du béton, ceux de la fonte et ceux du gaz. Enfin les femmes, superbes sous le voile, elles sont superbes, nues. Tout ça baigne dans la marmaille ardente.

Antar, au milieu des slips rouges. Nu comme Illa, nu pour vaincre de tout son corps.

Hélios le voit, se tait – éblouissants abîmes –, lui tend les dattes et le lait. Antar ne goutte ni crache. Sourit et hait. Sourit.

(Hélios ne vaincra plus.)

Ô corps d'Antar !

Tout Grenade et Cordoue, et Bagdad et La Mecque, Constantinople, Kairouan,

Le Caire, Tlemcen, Persépolis ! Tout Jérusalem ! Al Koran ! Je ne lirai plus de

poèmes. Sur la terre ton livre suffit, m'envahit, me comble, m'élève. Source vive et

calcination. Clé des lectures d'Aïn Soph. Antar, ô parchemin !

(Je voulais te mûrir et tu es plus sec qu'un grain de sable. Entre dans mes

rouages, détruis ! Mais en moi, ô circule, avec ta morsure et ton sang !)

Ton sexe citadelle intacte de Jessé.

Ton regard Pierre Noire.

Tes cuisses tables du Sinaï.

Ton ventre galet de Jabok.

Ta lèvre (l'inférieure) agressive cohorte.

Ton épaule coussin de Marie.

Nombril ô soleil d'Annaba.

Beauté rebelle, rebellée. Agressive splendeur, muette. Saison de bloc et de pins

maritimes ; Ô Murdjadjo !

Corps D'Antar ? Al Koran !

Reclus, 17 août 1972, 15 h 15

19

Prisonnier volontaire de son éblouissement, pendant sept jours Hélios n'a plus pensé, laissant à Jaâk les soins de l'administration. Puis revinrent les nuits, les rites, la profusion. Ni vu Antar. Et revinrent les corps.

20

Je les rendrai capables d'eux-mêmes. En mesure d'assumer la grâce et la bonté. Leur beauté ne sera plus un stuc de façade mais le corps profond et la résonance la plus haute.

Vous m'assurez que mensonge et lâcheté constituent la trame inaliénable de leur être. Ce n'est là qu'une crasse, la trace de ce qui depuis des siècles les détruit, le virus qui les sape. Je suis le Protecteur de l'Eau (comme jadis les enfants de mon quartier, comme encore les femmes de l'altitude) et le vaccin impitoyable. Avec la violence de leur fiel, je sévirai. Ils essayent de sauver la face. Moi je sauverai leur face. Hélios rabâche.

Alger-Reclus,
« lapin » abandon de Chérif – après
Mabrouk, Nacer, Ferhat, Tawfik.
J. 11 août 1972. 13 h 30

21

Je les ferai aboyer, mordre. De frénésie nuptiale. Ô la splendeur de l'astre en eux !

Qu'ils deviennent animaux, et rampent. Plus ils seront près de la terre plus leur désir d'espace grondera. Qu'ils bavent ; leur mots ne seront plus mouillés ! je les veux secs et transparents, tisons de l'eau lustrale.

Corps d'Antar ! ainsi je les veux.

Reclus, 17 août 1972, 14 h

« Notre Dieu est Chef de Contrainte, Seigneur des Interdits. »

« Le nôtre… », Jaâk éclata de rire, offusquant le notable (mais quoi, offusquer ? quand se prépare l'immense viol !). « … Nous n'en avons pas, ou plutôt, chacun de nous a le sien. Pour chaque instant, chaque cellule. Mille dieux s'irradient et meurent. Mille autres. Libellules. »

Ces extraterrestres qui vous hantent ce sont nos ancêtres profonds, l'intelligence et la beauté du premier jour, la ferveur généreuse. Religions, lois ont tout souillé ! Et vos lamentables familles. Fils du lucre et de l'esquive, en vos flancs vous portez, plaie redoutable, la lâcheté, le repli, quand ils n'étaient qu'aventure, risque fécond, talon vers la source la plus haute. Ancêtres, je vous les rendrai, radieusement neufs, dans vos fils, accouchés aux fers.

Reclus, 17 juin 1972, 14 h

24

Un message arrive des bassins : « Mzabaya[1]-du-Désert. Ici est passé un jour un redoutable adversaire d'Hélios très vite. Vêtu. C'est noir. – Farouk ».

25

Ayant appris l'existence des manuscrits d'Haje, malgré l'éblouissante blessure, Hélios envoya ses limiers les plus sages à travers la ville. Un matin, sur sa table, il trouva le premier feuillet. « Les Ikosiens baisent mal et peu... »

1. *Mzabaya* : orthographe de Sénac, sans doute *mzabiya* = une mozabite.

Il s'informe de l'étrange mort d'Haje : lorsqu'on entra dans sa cave-vigie, tout son corps avait éclaté. Il reposait exsangue, marbre écorché, creusé au burin, sans horreur. Les quatre murs et le plafond étaient non pas éclaboussés de sang mais comme griffés de rouge, flamboyants, tapisserie baroque. À son chevet un cahier bleu miraculeusement intact, le slip, un portrait de sa mère, une sérigraphie de l'oiseau Taous.

Trop plein de vie, de désespoir ? Sans doute ces deux tensions en une seule flèche. La presse avait parlé « dans la cave rouge, d'une fantastique ordalie », de « passage d'ailleurs », d'autres de « palingénésie ».

Reclus, S. 19 août 1972, 13 h

27

« C'est un des peuples les plus beaux de la terre, différent et si proche de cet autre peuple dont un auteur de la Domination avait écrit : "Amour que je n'avais pas la faiblesse de revendiquer pour moi seul, conscient et orgueilleux de le partager avec toute une race, née du soleil et de la mer, vivante et savoureuse, qui puise sa grandeur dans sa simplicité et debout sur les plages, adresse son sourire complice au sourire éclatant de ses ciels". Ces "dieux de l'été", j'en trouve l'empreinte la plus juste – éclatante, fière, généreuse – chez Sauveur, chez Blanche Balain » (Manuscrit d'Haje).

Hélios fouine à l'affût des traces de Sauveur, de Blanche Balain – peintres, graveurs, poètes ? Ce Sauveur est-il l'auteur de la fresque lacérée (« Corps au soleil ») de la Pointe-Pescade ? S'enquérir auprès d'Ighil.

Reclus, 19 août 1972, 13 h 30

28

« … cette racaille niaise, têtue, atrocement vulgaire – bruyante de graillons –, est-ce un peuple ? Ou le magma, le bouillon de culture d'où, si sont extirpés les virus et créées les conditions primordiales, un peuple peut jaillir ? Travail lent, tenace, forcené, décourageant, exaltant et mortel ! vigilance redoutable… » (Manuscrit d'Haje).

Reclus, 19 août 1972, 13 h 45.

Haje aima-t-il ? Sa dureté, son croc lucide, confusion redoutable. Et son exaltation. Comment put-il être le maître d'Antar, le taciturne ? Et pourtant tous ici l'affirment. Antar, seul, n'acquiesce ni dément. « Ouvrez-lui le cœur, dit Sibtey, vous y trouverez les dents d'Haje. » On dit aussi qu'il possède, enterrée dans quelle oasis, l'épopée inédite d'Haje : « Les demeures de Râ ». Hélios jubile, redoute, trépigne. Remous puis le grand espace lustral. Lire « Les demeures de Râ », c'est apprivoiser le corps d'Antar. Hélios meurt.

Âge de redoute.

Zéralda, 12 octobre 1972, minuit
(Visite d'Yves de Kocutian)

C'est cette nuit qu'Hélios décida de faire sauter les verrous. Il était entré pour l'ardeur et tout retournait aux habitudes, la télévision, les armoires. Jacasseries et dominos dans les grands bras stagnants. Peuple assoupi, et lui aussi cédait à l'assoupissement. Presse fertile si ne s'y introduisent les larves et ragots. Il était venu pour le viol, les rites de contraintes et d'effraction, l'impôt de liberté. Saccager tous ces nénuphars satisfaits de leur vase. Pour qu'affleure à la fin de la Rose Rudérale. Cette nuit Hélios déclenche et répercute. Les ordres partent, transmis par les «hélisses[1]» aux plumes de jade, imprègnent les murs, collent à la peau. Jaâk a lâché ses éblouissants. Faiblesse d'Hélios : il se masturbe, le corps couvert du corps recomposé d'Antar comme d'une tunique de miel. Trois fois. Et depuis trois jours il refuse les adolescents superbes d'Ikosia.

30

Une fois de plus la rengaine de rancœur et d'abjection, le froid vomi du refoulement et de la nostalgie : «Tu n'es pas ikosien parce que tu n'es pas arcable». Je l'ai tant de fois entendue, puante d'alcool et de schisme mal digérés. Déjà à Lutèce, Almek (ex-Aimé) Daddah : «Tu ne t'appelleras jamais Moumed !» et plus tard le manchot graveur : «Sale mélampos[2] ! Tu n'es pas arcable, fous le camp !» Et même, cet écrivain de talent qui «passa sa

---

1. Orthographe de Sénac.
2. [Note de Sénac :] «mélampos» (pied noir, grec).

vie à traire une étoile » (suivant la belle image de Mourad El Afrite) : « Qu'est-ce que tu fous ici ? Ce n'est pas ton pays ! » Les ai-je entendues, ces litanies atroces de la différence et du crématoire. Durer, avancer, croître sur ce terrain vague des glaires… » (Manuscrit d'Haje).

Haje n'était donc pas de la race des hommes de ce pays ? Race ? – de quel siècle s'agit-il ? On le dit pourtant le plus grand poète de ce peuple. Hélios répugnera à déterrer les arbres généalogiques. Il lui semble, à cette tentation, nier l'homme. La nouvelle beauté ne peut saillir au ras de ce terreau. Annuler les recherches. Les siècles n'ont-ils pas vaincu les roquets-perroquets ? Haje est ikosien. Tous et tout ici, avec fierté, l'affirment.

Zéralda 109, J. 19 octobre 1972, 2 h du matin

31

Antar, mandé, refusa de parler d'Haje. Hélios apprit néanmoins qu'on le surnommait le maître du Noûn et qu'au feu de sa science les plus nobles de ce peuple furent fondus. Poète de fondation. Aimable et irascible. Dans le silence d'Antar, quel pacte d'amour !

Hélios est jaloux d'Haje. Ce corps qui brilla de caresses et de consentement, cette gorge qui fit du gémissement l'inflexion première d'un langage nouveau, comme ils sont loin ! Antar, debout, fixe Hélios. Négligemment (est-ce un défi ?), passe sa main dans l'élastique du slip rouge. À peine suggère un sourire. Joconde mâle ! Koran ! Hélios en lui-même récite toutes les sourates ! Al Koran ! Jamais fils de femme n'eut un corps si parfait, un regard si intense. Soudain, à l'orée de la lyre, Hélios remarque une légère cicatrice. Signature de Jacob, la blessure à la hanche. Ses yeux déposent un baiser. Antar sent. Sa cuisse durcit.

Ô affrontement ! Ô amour !

Sous la lèvre rêche ce n'est pas le slip rouge d'obéissance mais slip jaune.

Antar gémit, se cambre, prend possession de tout l'espace d'Hélios, inonde, inonde, à nouveau fonce dans un souffle qui n'est qu'un hennissement contenu. L'univers gicle. Antar expire et les mains crispées sur les cheveux d'Hélios, pour la première fois nomme, avoue : « Héliooos ».

Zéralda, 19 octobre 1972

Hélios repart vers Ailleurs
Après avoir provoqué une mutation

Rupture d'Hélios
Ces hurlements de fille, dans la cour, en bas, parmi les ordures et les rats.

Les Érinyes !

Elles m'ont percé le crâne. Tourbillon. Je m'endors avec le Diamant Noir.

Alger-Reclus, 2 mai 1973, 9 h 45

POÈMES DIVERS [1]

1. Sénac a écrit d'innombrables poèmes souvent exclus de recueils inédits ou ayant été remis à ses amis sans qu'il puisse en garder un exemplaire. Les textes suivants situent quelque peu l'itinéraire de ses vingt-cinq dernières années (1948-1973). Ils proviennent de particuliers – qu'ils soient remerciés ici – et du fonds Sénac de la Bibliothèque nationale d'Alger et de la Bibliothèque municipale de Marseille.

JE REVIENS D'EMMAÜS

À Robert Llorens ce manuscrit, ces cheminements dont il est le témoin, avec la certitude « d'accrocher » très bientôt le Royaume qu'il m'a permis de connaître, avec mon amitié aussi, très vive et joyeuse, pour ses 23 ans.

Le silence attend la nuit
pour essuyer ton visage

Le ruban d'eau se resserre
autour d'un mot refusé

Ne cherche pas au-delà
d'une larme tes raisons.

Sana de Rivet,
samedi 23 octobre 1948

TERRE POSSIBLE

(Recueil 1946-1949 – extraits)

I

LES BELLES SAISONS

Gouttes de sang gouttes de pluie
gouttes de fleur gouttes de nuit
gouttes de mie gouttes de plomb
gouttes de boue gouttes de vent
le genêt tremble sur la pierre
la pierre tremble sous le front

Gouttes de sel gouttes d'anis
gouttes de mot gouttes de fer
gouttes de mort gouttes d'ennui
gouttes de voix gouttes d'éther
coquelicot la vie appelle
toutes les courbes de lumière

Gouttes de feu gouttes de feuille
gouttes de vert gouttes du seuil
gouttes des yeux gouttes des joues
gouttes du sein qui se défend
de la corolle qui se fond
de la fenêtre où l'on t'accueille

Les courts stigmates du printemps
sont dans la fleur qui se recueille
dans la main vide dans le temps
gouttes le lait gouttes le sang
gouttes le fruit

Et tout le reste

II

ALGER

Les blocs inassouvis du môle
la transparence d'un remords
la liberté des jambes folles
le sable strident de l'effort

Les détours fragiles de l'aube
le poids solaire d'un ami
la fraîche impudeur d'une robe
le pas qui règle ses semis

Plage au bord de la nuit
fermée comme une étoile
plage au bord du silence
ouverte aux fenaisons

J'ai pris la joie têtue
des rôdeurs solitaires
Si j'entrouvrais la terre
prodigue où serais-tu

MÉDITERRANÉE...

À Mouky, méditerranéenne

Méditerranée c'est une mer
qui vous boit de l'intérieur
c'est ce qui lui donne sa couleur
son espace têtu et ses enfants amers

Méditerranée c'est une eau qui vous use
par grand fond on garde le pied
les distraits ne se noient jamais
la mort est le fruit d'une longue ruse

Méditerranée c'est ton visage
perdu c'est ton rire sur la page
où commence chaque mois la merci

Méditerranée c'est un bon souci
c'est une écume qui fixe
à jamais l'aube sur tes cuisses

Pour coudre le soleil
Méditerranée c'est une aiguille
la corsage d'une jeune fille
et la main de ma mère.

Alger, 23 mars 1953

DISQUE

À Mohammed Dib en souvenir d'Aragon

Le jeu des mots tourne la tête
j'écris pour ignorer le son
de toutes les phrases bien faites
qui n'ont pas la couleur du sang
j'écris pour inventer la fête
qui nous sauvera de l'affront
les mots heureux sont des mots bêtes
j'écris sans rêve et sans raison.

Quelle délivrance rachète
le poids de mort dont nous vivons
Quelle joie couvre la défaite
pour s'épanouir à l'unisson
la vie n'est plus monnaie honnête
qu'entre les mains des innocents
pour cette nuit la gorge est prête

Je suis homme et je suis poète
j'aime la chair et j'ai un nom
ces vers au rythme doux m'embêtent
je préférerais vivre sans
ce démon secret qui m'inquiète
et vous voyez j'écris pourtant
ma vie ne sera pas discrète
j'ai trop d'amour et d'ambition

Le jeu des mots tourne la tête
je crie pour aimer le printemps
le temps de mort et de tempête
le temps noir comme le charbon
le temps rose comme un bonbon
le temps de vie le temps de fête
mon disque tourne avec le temps
les mots les plus vrais sont si bêtes
qu'on les écoute en souriant

Il faudra bien que je m'apprête
à témoigner de la passion
des hommes francs et fiers qui mettent
l'eau de l'espoir entre leurs dents
il faudra bien écrire cette
joie dont il dit à ses amants
qu'elle soit limpide et parfaite
j'y ajusterai ma chanson.

DEUX CHANSONS

I

PRODIGUE

Dans la maison de ma mère
le rêve était un verre acide
l'amertume était si légère
qu'elle dessinait à peine nos rides

Dans la maison de ma mère
on piégeait les sentiments
ma sœur inventait tout le temps
des dentelles pour la misère

Dans la maison de ma mère
parfois la mort coupait le pain
et sur la nappe le matin
renversait les salières

Dans la maison de ma mère
j'ai laissé mes coudes troués
depuis des comètes sont nées
sur le cuivre et la pierre

Dans la maison de mon cœur
jaune et noire à gaves rouges
ma mère conduit sa géométrie
mais l'enfant n'est jamais pris
dans cette saison qui bouge

Il tend sa libre taille il fuit
du blanc parterre aux terrasses de rouille.

Alger, 21 avril 1953

II

CHANSON DU SECRET

Vivre au cœur de la rose
est un jeu sans défaut
mais nul enfant ne l'ose
et l'homme se prévaut
d'avoir beaucoup de choses
à faire dans ses os

Sans fin la rose fane
sans fin la mort nous gagne
sans fin nous refusons
les avances d'Ariane

Vivre au cœur de la rose
c'est creuser son tombeau
Mais non mes beaux nigauds
c'est découvrir la chose
qui manque à notre peau
pour être toujours rose
et fraîche comme l'eau

C'est l'éternelle vie
pour l'homme et son amie
c'est l'éternelle sève
pour la rose si brève
c'est le mystère soigneux
de la grâce de Dieu.

Alger, 4 avril 1954

PEUPLEMENT DES TERRES [1]

(Lithographie de Jean Dubuffet 53)

Comme les anguilles s'accouplent à l'ange
ténébreux, il y a dans la terre de ces choses…
lointaines à nous épargner, fouillis de roses
dont la lave rend dérisoire le souvenir.

Dans la terre de ces triomphes d'algues
à la gloire de Rien (terre et dieu dans le sang déchus !)
denrées de la mémoire, nickel de l'arbre chu,
une seule main retient la brutale blancheur.

C'est là, parmi les mots, quelle loi sous la terre !
quelle mythologie ! quelle morve ! Légère,
une mouche à déchets fixe la pesanteur.

---

1. Ce poème a été intégré *in* Jean Sénac, *Visages d'Algérie-Regards sur l'art*, *op. cit.*, p. 115.

AU LECTEUR

Si je travaille franc je me donne un poème
que vous pouvez surprendre et prendre si vous l'aimez
ce n'est pas un appât mais un pas vers vous-même
et ma soigneuse main dans votre main cachée.

Le soin que l'On a mis à me passer le thème
la coque et les marins je peux en témoigner
je fus vif et précis la transparence même
mais l'Ordre d'où vient-il et qui peut le nommer ?

Est-ce un plaisir de Dieu les mots de l'origine
le courant de nos morts ou des consciences-clés
le chant profond des foules à ce point concentré

Devant l'espace clair et la présence grise
rien ne répond au cri dévergondé
voici donc ô lecteur un chemin que je signe
mais suis-je seul à l'avoir dessiné ?

LES PARTISANS DE L'AURÈS

1

Sous la broussaille
dort l'été
un visage bien en ordre
pour tenir la liberté

Cinq mille hommes sont en marche
pas plus mauvais que le temps
et c'est toi France qui lâches
tes aigles sur l'innocent

France où veille la justice
pour qui s'éteignent tes feux ?
quels maquis prennent tes fils ?
L'ordre et le crime font deux

Sous l'épi des mitraillettes
cailloux de farine vont
France juste Algérie libre
une branche de chardons

Les archanges de fer
sont debout comme à fleurs
drapés de noble misère
auréolés de cactus

Lauriers-roses lauriers-roses
quel amer combat
cette guerre qui n'est pas
la nôtre

La guerre est une folie
nous ne sommes pas violents
et pourtant mère Algérie
ta douleur nous rend méchants

Viendra le temps pacifique
des figues et des raisins.

Paris, 21 janvier 1955

À ALBERT CAMUS
QUI ME TRAITAIT D'ÉGORGEUR

Moi, dit le Poète
mes mains tourbillonnent dans la vase
à l'affût des astres éteints.
Y a-t-il un autre moyen
de les ramener à la surface,
d'en faire des diamants,
de rayer les vitres opaques ?

Qui nous lavera, dit le Maître de l'Absolu
quelle Méditerranée contre tant de boue

Je sortirai crotté,
statue de lave,
boiteux par blessure à la hanche.
Je dirai aux hommes : « Tenez
votre part de dimanche ! »

Tu n'entends pas leur rire
dit le Maître de l'Absolu,
tu ne vois pas le sang !

Entre les hommes et vous le sang coule,
dit le Poète,
et vous ne voyez plus
Moi dans les plaies je plongerai les mains
pour que le sang s'arrête

et chirurgien j'accepterai la douleur
les autres, et le remords,
afin que notre Corps total nous soit rendu.
Qu'importe ma pureté si elle n'est
point parmi les hommes !
Et si je ne pétris l'argile
quel Dieu paisible en prendra soin ?

Piscines, stades, théâtres, livres
le Maître de l'Absolu se compose un décor d'oubli
Les absinthes, le sang de ses amis le hantent
Il invoque la mer, il interroge la mer
Tac ! Tac !
Horloge ! Mitraille !
Chaque seconde un homme tombe

Nous sommes investis du Verbe
pour pénétrer dans les charniers,
crie le Poète.

Non, pas l'Homme
mais les hommes
avec leurs défauts et leurs puanteurs
et ce terrible appel du Christ en croix
lumière et peur !

Moi aussi, dit le Poète,
je rêve que l'eau et la terre
ne soient plus cette boue

le Maître de l'Absolu
vers le gué de Jabok riait au nez de l'Ami
Il gardait ses mains pures (ses icebergs !)
tandis que le Poète écrivait dans la frénésie
Et le Poète l'aimait.

Paris, 1er-15 septembre 1956

SANS TITRE[1]

Ô torturée entre toutes
Djamila Bouhired, ne rougis pas de cette franche nudité
Vérité, courage, espérance
tu es nue comme la lumière
cette lumière
plus violente que l'électrode du bourreau

Femmes de mon pays
vous avez rendu notre gloire humaine,
j'ose à peine vous nommer
j'ose à peine vous chanter

Djamila Bouhired,
Annie Fiorio,
Drif Zorah,
Evelyne Lavalette,
Hassiba Bent Bouali
Gabrielle Gimenez
Fatima Mesli
Votre nom seul est poème
Nous ne méritons pas encor de vous nommer

Rodez, septembre 1957
Paris, 13 octobre 1957

1. Ce poème est, littéralement, sans titre. Il figure dans le Carnet 1957 de Sénac (Bibliothèque municipale de Marseille).

HOMMAGE À UN HÉROS

Pour Annie

Pourquoi parler de lui seul quand tout notre peuple est à
la rupture et à la mort ?
Ô camarades, il est pour nous le pur symbole de la
Réparation.
Il affirme le sens de notre marche.
Proscrit par les siens, par son sacrifice il les intègre dans
la nation. Il meurt sous les huées de sa race, mais déjà
il renaît, bâtisseur pacifique, salué par la seule race en
laquelle il crut jamais : celle des hommes.
Il comble le fossé creusé par les ancêtres. Il y place son
corps. Il nous crie :
Peuple, ta route est libre !

Comme une vague impétueuse, d'autres le précèdent,
d'autres le suivent.
Ce solitaire n'est pas seul. De vous à moi, il anéantit la
grimace.
Mais ni la fumée des tanks ni le grésillement des astres
n'arrivent à couvrir sa plainte. Qu'elle demeure parmi
nous.
Il aimait le soleil, les plages, le commerce des camarades
les fruits acides de la terre. Il aimait les guitares, ce
lien sublime des Deux Sangs.
Ô guitare, nostalgie de notre avenir, amplifie sa plainte
aux dimensions d'un hymne !

Haute et digne, sa plainte, son assurance contre la vanité
et l'aveuglement des siens.

Oursin de notre conscience, elle s'exalte jusqu'au soleil
Dans sa propre profération, le Héros se consume.

Cendres, ses cendres sont le ciment de la nation
Ses grands bras abattus, c'est déjà dans nos ténèbres
l'architecture de la Paix.

Poètes, n'oublions pas ce combattant du Verbe : il a défié
le mot « Algérien ».

AU NOM DU PEUPLE…

Au nom du peuple français
sont emprisonnés torturés condamnés
au nom du peuple français
sont bombardés trépanés guillotinés
au nom du peuple français
sont aliénés mutilés exterminés
au nom du peuple français
sont précipités d'hélicoptères dans le vide

Au nom du peuple français
sont transformées en chambres à gaz
les cuves à vin
au nom du peuple français
est transformé en charnier
le stade de Philippeville
au nom du peuple français
est transformé en cimetière marin
le port d'Alger

Au nom du peuple français
nous accusons la France
au nom du peuple algérien
nous récusons la France
au nom du peuple algérien
nous refusons la France

Ô transparence irréductible
à nos côtés
au nom du peuple
Desnos Éluard Rimbaud !

À MON FILS

Ai-je besoin de te nommer ?
n'es-tu pas dans mes vers sans que l'on te regarde ?
Comme au temps de la joie, voici que tu t'attardes
d'un mot à l'autre,
et anxieux je dis : «Où est Jacques ?»
alors que déjà ton pas résonne dans la cour.

Tu entres.
Le poème est écrit.
Comme la clé dans la serrure
il ouvre sur une lumière insistante et ténue,
juste ce qu'il faut pour que le monde existe.

Tu as peuplé mon livre de camarades.
Ai-je besoin de te nommer quand il n'y a pas un vers
qui ne soit un sourire ou une larme de toi ?
Ai-je besoin de dire quel est le miel de ma ruche ?

je savais où était le jour,
mais sans toi pour dire : il est là,
où serais-je ?

Peniscola, 25 août 1959

CONTRE LE MENSonge

À Jacques et Michou

1

Le conclave des ragots
vitrifie les cendres
Debout, archange Michel !
Ton regard, sa pureté gagne
sur le désordre, remet en place
dans la prairie une amitié
sourcière (ô l'enfance, qui pourrait la vaincre ?)
Des sommets (Obion ! Châtel ! Ferrand !) la lumière
tend sa main vers la nôtre.
Ensemble, grands monts striés
des ailes de l'archange,
vers le ciel plus fort que la langue.

2

Cette Connaissance, l'un par l'autre, acquise, conquise,
qui oserait nous la pardonner ?
Ces ailes qui nous poussent,
peut-être à la merci – mais déjà au-dessus ! des cisail-
leurs.

3

Terre, toujours gagnée sur ce qui la désole
Terre, sans fin rendue à l'humus essentiel
Lisse sur notre cœur-écume du dauphin !
Et neuve chaque fois dans le rire d'un gosse.

Stade de Mens, 6 septembre 1962, 18 h 45
(Extrait de MENSualités)

MATIN DU JOUR

À Jean-François et Bruno Llorens

Et prends la mer aux yeux,
Faucon jusqu'à l'autre rivage !
Lâche le bonheur sur ta page.
Le Christ est ressuscité !

Que rien ne vienne dévaler
Ce bleu, ce vert sans un nuage.
Où sont les aigres marécages ?
Le Christ est ressuscité !

Oublie les bubons, les orages
Du midi à force d'été,
Marche plus loin que tes cils, nage.
Le Christ est ressuscité !

> Pointe-Pescade, matin de Pâques,
> dimanche 26 mars 1967

PANOPLIES DE LA ROSE

Pour Yahia

Toute rose est cruelle
Ô
Blessure des haies,
Vents, sable, toute rose !

En ta main refermée l'aube se fait coupante

Inondé de ton cri, le cœur sur le versant
Terrible
Se retourne.
(Rose de sel ! Rose sans tain…)

À la vitre où se font et se défont les paysages
(Siècles jardiniers) la licorne
(Dans le tréfonds des mots) dévore
La rose de cristal.

Pointe, 16 mai 1967
14 h 30-17 h 45

AU QUOTIDIEN BONHEUR

*Désormais, Éluard ne sera plus que
l'affirmation du bonheur. Désormais.
Pour toujours.*
(Aragon, 22 novembre 1952).

La table les objets du jour,
Le lit les blasons de la nuit,
Et du jour à la nuit dans le carré complice
L'aube sans heure aux bouts des doigts,
L'heure sans lieu au bout des cils.

Falaise d'où j'appelle Antar
Déluge des rites métis
Tandis que le rêve s'attar-
De en sa citadelle tes cuisses

Lit, mon écritoire repus.
Poète, entre tes draps si pue
L'armée des mots, le corps ému
De ces larmes et de ce pus
Fait un champ d'or où tu te glisses.

Mais à la table entre un chardon
Et la glycine qui s'altère
Tu soulèves un poids de millions
De Saturnes, de Vénus, de Terres.

Et tu t'effondres, Nuit et jour
Brouillent l'objet et le blason.
Aube et famine tournent court.
Mes mots si perdent la raison…

La table ouverte : plaies ou songes.
Le lit ouvert : fruit ou mensonges.
Hors d'âge, Antar, tu cries toujours !
Est-ce la torture ou l'amour ?

Mais la voix se fait plus sereine
Dominique file la laine :
Un pull pour Antar, un grabat
Grouillant de paix pour les poètes.
Dans le lit une cruche prête.
Sur la table épanouie un drap

(La page où l'amour nous lira).

Ô mes lilas fous de Novembre !
Je ris, aujourd'hui c'est la fête
De Paul Eluard, la fête de tous les hommes.

Pointe-Pescade,
13 décembre 1967.

NI…

Ni avec mon sang ni avec mon sperme
Ni avec ma moelle ni avec mes eaux
Ni avec la caméra ni avec le stylo
Ni avec les rumeurs de ma mort quotidienne
Ni avec la rage de mes élans
Ni avec le luth brisé sur mes dents
Ni dans le doux rempart oublieux de l'orgasme.
Le corpoème ?
Éclats de pages ! Éclats ! Éclats
De pire
Sur la tendresse déchiquetée, miroir
Où ma voix fouille en vain ses poubelles d'éclat.

Pointe, S. 6 août 1968, 14 h

EN CET OCTOBRE 70

À la poétesse algérienne de demain
À Farrahnez Frédérique

Les cinq doigts du soleil
Cinq rayons d'une main
Heureux le peuple dont la voix passe
Par les cinq inflexions
De l'avalanche sourde aux étamines de l'espace
Marina Tsvetaeva, Anna Akhmatova, Olga Bergholtz,
Margarita Aliguere, Bella Akhmadoulina.

Heureux.
Mais nous, Anna[1], en cette nuit du voile et
des chicanes mosquétaires,
Quelle voix ?
Rêve à l'affût. Viol. Peine
Mais à peine
Un plissement.
Sous le mazout
En cet instant peut-être une girelle exige.

Alger, D. 18 octobre 1970

---

1. Anna Gréki.

CITOYENS DE LAIDEUR

Maudit trahi traqué
Je suis l'ordure de ce peuple
Le pédé l'étranger le pauvre le
Ferment de discorde et de subversion,
chassé de tout lieu toute page
Où se trouve votre belle nation
Je suis sur vos langues l'écharde
Et la tumeur à vos talons.

Je ne dors plus je traîne j'improvise de glanes
Un soleil de patience Ici
Fut un peuple là meurent
Courage et conscience. Le dire
Palais de stuc Jeunesse et Beauté à l'image
Des complexes touristiques. L'écrire
Dénoncer le bluff Pour que naisse
De tant de rats fuyants un homme
Risquer le poème et la mort.

Reclus, D. 6 août 1972

OUMM AL-KITÂB

Pour Adonis

Atterris chienne aboyeuse
Matrice de l'écriture
Discours désarmé slogan mou
Atterris noire de nos péchés
Météorite où l'Adam primordial
Geint et refuse de naître
Cristal de larmes brise-toi
Sur nos échines
Et que nous soit rendue
Au niveau de l'Outil
Notre terre accessible
Oiseau Taous sandales d'or
Atterrissez
Un homme d'espadrilles
Contraint dans son labour obscur
Le soleil à mordre nos sillons.

Alger-Reclus, mardi 5 juin 1973,
11 h 30

« SUR TIGZIRT OU… ? »[1]

Bachir, son plaisir c'est aussi la mer.
Il n'est ruines que consenties. Son
Plaisir ce sont les girelles, les algues
– La « salade », dit Fifi. Quatorze
Heures sur la terrasse. La vie est éblouissement.
La mer parmi nos os murmure. Je
Commence à chaque seconde. Je
Réanime la légende. Ensemble
Nous inventons. Nous
Sommes citoyens des révolutions agraires. Le
Corps bruissant de plaisir. Le poème
Ébloui d'avenirs. Lequel
Prendre ? Tous. Et Bachir
Boit son rosé comme la mer nous boit.
Tout est grâce, disaient-ils. Tout
Est conscience du monde. Tout est
Grâce du corps dans la liberté du
Soleil. Nathalie, nous
T'embrassons. Le caoutchoutier chante
Nous
Est grâce.

1. L'on peut affirmer, jusqu'à preuve du contraire, que ce poème est le dernier de Jean Sénac. L'original appartient à Mme Nathalie Garrigue-Jossé.

Sur ta peau, cette page
Qu'elle soit comme la mer !

Tigzirt, lundi 20 août 1973
Pavillon de la plage, 14 h 30

P. S. Je pense : Je ponctue d'un laurier-rose
Bachir soudain me dit : tu as oublié le laurier-rose
Signe. Tout est grâce et conscience de l'amour
Nous t'aimons.

THÉORIE DU CORPOÈME

THÉORIE DU CORPOÈME
(1972-1973)[1]

De la Matière première à la Pierre Philosophale, je revendique tous mes états. Mes heures de mauvais goût, l'heure où le langage fout le camp, la limpide harmonie, l'obscure frénésie des vocables, la glossolalie, le rot et le pet, l'excrément. Du rhume des foins à l'exploration de la lune, nous sommes dans un univers dérisoire mais total dont je ne saurais rien renier, talon, bure, le sourire ni le vomi. L'histoire de la poésie française me frappe par son affligeante unité et son intarissable rigueur. Nous continuons de fouiner sous la dictature de Malherbe. Breton reste marquis malgré sa révolution. Des fatrasies à Francis Ponge, de Ronsard aux surréalistes, de Louise Labé à Dada, et la dérision de Denis Roche n'est qu'un écart subtil dans la sphère de Mallarmé. Saint-John Perse n'a-t-il pas de renvois ? Bonnefoy ne pète-t-il pas ? Je m'explique.

Alger-Reclus, 12 décembre 1972, 3 h du matin

Qu'il soit noir ou rose, cet humour est toujours dans un masque. Il s'agit toujours de « l'esprit ».

Il ne s'agit pas de faire du dérisoire ou dans le dérisoire, ni même d'être dérisoire dans des autres états du corps. Mais poète et poème vécus dans cette vérité d'un

---

1. Publié, avec en regard une traduction en anglais, in *Celaan*, Jean Sénac : Poète du Soleil/Poet of the sun, New York, volume 7, n° 3, 2009.

instant qui peut être dérisoire. Comme je revendique mes bagnards, je revendique mes îlots. Tant que le poète n'assumera pas son ridicule, ne sera pas complet de son aura à ses grotesques, la poésie ne sera pas au monde.

Pousser l'obsession jusqu'à calcination. Coagule et calcine, disent les alchimistes. Mythe de l'origine. Phénix.

Reclus, 15 décembre 1972, 3 h du matin.

De l'« âme » à l'excrément, non plus par les moyens de la description mais « en soi », par des structures verbales, des plumes correspondantes.

24 décembre 1972, 17 h

J'ai écrit au rasoir (à l'encre d'amertume, de négation, d'ascèse, d'attente). La frénésie des avant-corps est-elle une structure possible vers le Corps total ? Cette déperdition peut-elle ouvrir sur une ascèse, c'est-à-dire engager la communication-vie ?

Itinéraire des douleurs, qu'on en finisse avec mon « soleil » ! Journal de la plus haute plainte, la plus ténue, le fil suspendu, balbutié. Mais ferme. Je ne bégaye pas, je pleure, je chuinte.

Noël 1972, 24 (15 h 30)

Finalement ce trou dans son Non-Être[1] est un trou d'espace, appel d'air, et présence non-manifestée / manifeste d'un ailleurs, d'un «autre chose» joint des «souffles», lieu du souffle. C'est pourquoi nous lui donnerons la force mamelle, éclairante, des trous de l'architecture du M'zab.

Reclus, samedi 27 janvier 1973

Glossolalies, langage pour ne rien dire, pour communiquer avec d'autres que l'homme, ou dans l'homme avec des points de communication non manifestés. Michaux, Artaud ont provoqué ces espaces, établi des connexions avec les gouffres. Dans ces parois, chute et morsure nous contraignent à un retour à l'homme lisant.

Dimanche 28 janvier 1973, 6 h 30

Le «*Diwân du Noûn*» était un diwân de l'incarnation des mots, des mots incarnés. «*A*» est la tentation poussée jusqu'à l'abêtissement du journal par et dans un corps. *dérisions et Vertige*, le débridement, la ruade, la frénésie, la déperdition et la jouissance du mot – jusqu'au trou dérisoire. Et après, par le trou, quel espace, quelle vie, quel corps? Les états restent une tentative de nomination, un appel d'air, appel du Nom. Une quête.

Reclus, jeudi 22 février 1973, 1 h 30 du matin

On ne cesse de nous rabâcher, de «Poésie à vérité» à «poésie inadmissible», que rien n'est à bannir du

---

1. [Note de Sénac :] *Théorie des états multiples*, de René Guénon (Éditions Véga, Paris, 1932).

fabuleux jardin dont nous sommes les gérants. Rien, la rose, l'ortie, le brin d'herbe et le scarabée – mais la bouse, la fane pourrie, la stupide brindille ? Oser affronter le ridicule. Relâcher le rictus dans l'abêtissement. Risquer. Mordre le soleil en tranches et cracher son petit matin, avec, entre les borborygmes et je ne sais quels gémissements, quelles jouissances.

Ghardaïa, Vendredi 23 mars 1973, 3 h 20

Surréalistes et situationnistes, nous leur devons beaucoup – sauf la stagnante des diktats – et pour nous Desnos ralliant la prosodie classique opère – en même temps que l'écriture automatique – la véritable convulsion. Tandis que nous semble insupportable et criminelle la persécution verbale par Breton de l'homosexualité de Crevel, Breton croyait à la « dictée de la pensée », à son « fonctionnement ». Pour nous la pensée ne peut être qu'un des états du corps. Quant à la divination du poète, sa magie là n'est encore qu'un état. États qui sont tous à la portée de n'importe qui. Chacun est créateur par les moyens de ses multiples états. Parce que nous croyons à l'Un (l'unicité) nous ne pourrons admettre l'unitéisme et ses opérations castratrices.

Toute l'horreur du monde et toute la sympathie existent dans un même corps. La peau ambrée et la purulation. L'adorable haleine et les vessies (…). Coexistent dans un même corps.
Je revendique tous mes états et refuse de m'amputer d'une seule seconde de vie. (…) Coexistent dans un même texte.

Reclus, 27 mai 1973, 10 h 30

Dada : il ne s'agit pas de faire table rase mais d'élargir, d'approfondir (« Soleil large comme un pied d'homme »), de ranimer tous les « états chloroformés » en nous pour une juste humanité. Nos rimes elles-mêmes sont richesses. Longtemps nous avons eu la nostalgie de la tête de la Victoire de Samothrace. Aujourd'hui, ses ailes nous suffisent et sa tête nous n'en voulons pas ! – Ou si, quelle autre beauté ?

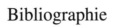

Bibliographie

PREMIÈRE PARTIE
ŒUVRES DE JEAN SÉNAC

I – POÉSIE

Poèmes, Paris, Gallimard (collection «Espoir» dirigée par Albert Camus), mai 1954, 168 p. Avant-propos de René Char. Réédition: Arles, Actes Sud, novembre 1986, 139 p., avec des notes de Sénac et un dessin de couverture de Pierre Famin.

Poésie, Paris, Imprimerie Benbernou Madjid, 21 avril 1959, np (92 p.). Présentation de Monique Boucher. Avec 10 eaux-fortes en couleurs de Abdallah Benanteur (13 pour les dix premiers exemplaires). Tirage limité et numéroté à 50 exemplaires signés par les auteurs.

Matinale de mon peuple, Rodez, Subervie (collection «Le Soleil sous les armes»), 25 novembre 1961, 143 p. Préface de Mostefa Lacheraf. Illustré de 15 dessins de Abdallah Benanteur.

Le Torrent de Baïn, Die, Éditions Relâche, 31 mai 1962, np (40 p.). Eau-forte de Pierre Oumcikous. Tirage limité et numéroté à 150 exemplaires.

Aux Héros Purs (*Poèmes de l'été 1962*), Alger, Édition spéciale pour MM. les députés de l'Assemblée Nationale Constituante, octobre 1962, 12 p. Sous le pseudonyme de «Yahia el Ouahrani (Jean Sénac)».

La Rose et l'ortie, Alger-Paris, Rhumbs (collection «Les Cahiers du monde intérieur»), 1964, np (36 p.). Couverture et ardoises gravées de Mohamed Khadda. Tirage limité à 2 000 exemplaires.

Citoyens de Beauté, Rodez, Subervie, 25 octobre 1967, 79 p. Réédition (fac-similé de l'édition originale) : Charlieu, la Bartavelle éditeur (collection « Le Manteau du Berger »), 1997.

Avant-corps précédé de poèmes iliaques et suivi de Diwân du Noûn, Paris, Gallimard (collection « Blanche »), 8 mars 1968, 141 p. Préface de l'auteur. Tirage limité à 2 223 exemplaires numérotés.

Lettrier du soleil (extraits de « *A corpoème* »), Alger, Centre culturel français, décembre 1968, np (16 p.). Présentation non signée de l'auteur. Dessin de couverture de Mustapha Akmoun.

Les Désordres, Paris, Librairie Saint-Germain-des-Prés (collection « Poètes contemporains »), 14 mars 1972. Tirage de 44 exemplaires numérotés et ornés d'une gravure de Louis Nallard et de 1 000 exemplaires non numérotés. Réédition : *Jean Sénac Vivant*, Paris, Éditions Saint-Germain-des-Prés (collection « Les Cahiers de Poésie 1 », n° 4), 1981, 280 p.

A corpoème in *Jean Sénac Vivant, ibid.*

dérisions et Vertige, Arles, Actes Sud, juin 1983, 178 p. Préface de Jamel-Eddine Bencheikh, dessin de couverture de Abdallah Benanteur.

Les Leçons d'Edgar in « Journal Alger, janvier-juillet 1954 », Pézenas, le Haut Quartier (collection « Méditerranée vivante »), septembre 1983, 120 p. Présentation de Marc Faigre. Réédition : Saint-Denis, Éditions Novetlé, avril 1996, 144 p. Préface de Jean Pélégri.

Le Mythe du sperme - Méditerranée, Arles, Actes Sud, novembre 1984, 21 p. Postface de Pierre Rivas. Couverture : photographie de Tony Ciolkowski. Traduction en italien par Pierre Lepori in *Viola*, Massagno (Suisse), n° 12, marzo 2012, pp. 5-14. Édition bilingue français-italien.

Alchimies (Lettres à l'adolescent), Paris, BG Lafabrie, novembre 1987, np (32 p.). Lithographie signée par

Bernard-Gabriel Lafabrie. Tirage limité à 100 exemplaires.

Plaques, Paris, La Nouvelle Revue Française, n° 521, mai 1996, pp. 72-80.

Œuvres poétiques, Arles, Actes Sud (collection «Thésaurus»), mars 1999, 831 p. Préface de René de Ceccatty, postface de Hamid Nacer-Khodja. Volume regroupant les seize titres ci-dessus.

Pour une terre possible, poèmes et autres textes inédits, Paris, Marsa, mars 1999, 410 p. Textes rassemblés et annotés par Hamid Nacer-Khodja, édition établie par Marie Virolle. Dessin de couverture et huit illustrations de Denis Martinez. L'ouvrage comprend, entre autres, huit recueils de poèmes inédits.

Les Soleils de Yahia El Ouahrani, Alger, Bibliothèque nationale d'Algérie, 2004, 94 p. Préface de Amin Zaoui, traduction de Mohamed Boutghane. Anthologie poétique en arabe.

Selected poems, New York, The Sheep Meadow Press, 2010, 264 p. Préface de Richard Howard, introduction de Katia Sainson, traduction de Katia Sainson et de David Bergman. Anthologie bilingue français-anglais (USA).

II – ESSAIS

Le Soleil sous les armes (sous-titre à l'intérieur : «Éléments d'une poésie de la Résistance algérienne»), Rodez, Éditions Subervie, 1er octobre 1957, 60 p.

La Jeune Poésie algérienne (titre à l'intérieur : «*Petite Anthologie de la jeune poésie algérienne 1964-1969*»), Alger, Centre culturel français, 25 mars 1969, 52 p. Introduction, présentation et choix de huit poètes. Dessin de couverture de Salah Hioun.

Poésie algérienne, Alger, Centre culturel français, mars 1969, 48 p. (ronéo). Anthologie poétique présentée par

Jean Sénac et choix de poèmes de la tradition orale, de langue arabe et de graphie française.

Anthologie de la nouvelle poésie algérienne, Paris, Librairie Saint-Germain-des-Prés (collection «Poésie 1», nº 14), 27 avril 1971, 130 p. Introduction, présentation et choix de neuf poètes. Graphisme de Mustapha Akmoun.

Diwân d'amour, poèmes algériens d'hier et d'aujourd'hui, Alger, Centre culturel français, 1972, 18 p. (ronéo). Introduction (janvier 1972) de Jean Sénac (sous le pseudonyme de «Yahia El Ouahrani») et choix de textes de la tradition orale, de langue arabe et de graphie française.

Jean Sénac et la poésie algérienne, Annaba, Centre culturel français, 8 mai 1972, np (10 p., ronéo). Introduction générale sur la poésie algérienne et poèmes de Jean Sénac.

Poésie algérienne, Annaba, SNS-DIM, 11 mai 1972, np, 18 p. (ronéo). Introduction générale sur la poésie algérienne (mars 1972) et poèmes de Jean Sénac.

Poésie de Sour El-Ghozlane (14 mars 1967), s. l. (Sour El-Ghozlane), L'Orycte, nº 57, mai 1981, np (18 p.). Essai ronéotypé et manuscrit autographe en hors-texte. Dessin de couverture de Denis Martinez, 150 exemplaires HC.

«*Peintres algériens : Benanteur, Khadda, Martinez, Zérarti*», s. l. (Sour El-Ghozlane), L'Orycte, nº 63, avril 1982, np (44 p.). Recueil ronéotypé de critiques d'art. Dessin de couverture de Abdallah Benanteur, 150 exemplaires HC.

«*Heures de mon adolescence*», in *Assassinat d'un poète*, essai de Jean-Pierre Péroncel-Hugoz, Marseille, Éditions du Quai-Jeanne Laffitte, 10 septembre 1983, 168 p., préface de Tahar Ben Jelloun, journal intime (pp. 89-109). Réédition (sans les notes) in *Journal Alger, janvier-juillet 1954*, Saint-Denis, Éditions Novetlé, avril 1996, 144 p. (pp. 117-130), préface de Jean Pélégri.

Journal Alger, janvier-juillet 1954, suivi de *Les Leçons d'Edgar*, Pézenas, le Haut Quartier (collection «Méditerranée vivante»), septembre 1983, 120 p. Journal intime suivi d'un recueil de poèmes et d'un article, «Notes sur la jeune poésie algérienne», présentation de Marc Faigre. Réédition (sans l'article ni la présentation de Marc Faigre): Saint-Denis, Éditions Novetlé, avril 1996, 144 p., préface de Jean Pélégri.

Pour une terre possible, poèmes et autres textes inédits, Paris, Marsa, mars 1999, 410 p. Textes rassemblés et annotés par Hamid Nacer-Khodja, édition établie par Marie Virolle. Dessin de couverture et huit illustrations de Denis Martinez. L'ouvrage comprend, outre huit recueils de poèmes inédits, divers textes, témoignages et correspondances de Sénac.

Visages d'Algérie – Regards sur l'art, Paris-Alger, Paris Méditerranée-EDIF 2000, 2002, 250 p., recueil de critiques d'art. Textes rassemblés par Hamid Nacer-Khodja, préface de Guy Dugas.

III – AUTRES ŒUVRES

«*Jubilation*», Châtillon-en-Diois, 3 mars 1962, 2 p. Poème épithalame. Exemplaire unique hors commerce réalisé par Abdallah Benanteur et illustré par Louis Nallard.

«*Poème-programme*», Alger, juin 1963, un dépliant illustré d'un dessin de Abdallah Benanteur. Édité au profit du Fonds national de solidarité. Repris in *La République*, Oran, 13 décembre 1963. Traduit en arabe in *El Moudjahid* (hebdomadaire), n° 180, 11 juillet 1963 (Mohamed Chouikh).

Ébauche du père, Paris, Gallimard (collection «Blanche»), 20 septembre 1989, 180 p., roman. Avant-propos de Rabah Belamri. Traduction en espagnol (par Fernando Garcia Burillo): *Bosquejo del Padre*, Guadarrama

(Espagne), Ediciones del Oriente y del Mediterraneo, 14 avril 1995, 222 p.

Les deux Jean : Jean Sénac l'homme soleil - Jean Pélégri l'homme caillou, Correspondance 1962-1973. Poèmes inédits (de Jean Pélégri), textes réunis et présentés par Dominique Le Boucher, Montpellier – Alger, Chèvrefeuille étoilée Éditions – Éditions Barzakh, septembre 2002, 95 p.

« New Oran », texte en prose in *Hétérographe*, Lausanne, n° 8, automne 2012, numéro spécial « Migrations », pp. 32-40, avec une présentation de Hamid Nacer-Khodja.

DEUXIÈME PARTIE

ŒUVRES SUR JEAN SÉNAC

I – OUVRAGES CONSACRÉS À JEAN SÉNAC

A – Essais

Jean Sénac Vivant, Paris, Éditions Saint-Germain-des-Prés (collection « Les Cahiers de poésie 1 », n° 4), 1981, 280 p. Cet ouvrage renferme *A Corpoème* et *Les Désordres* (recueils de poèmes) et des hommages, témoignages et documents, sous la direction de Jean Déjeux.

Jean-Pierre Péroncel-Hugoz, *Assassinat d'un poète*, suivi d'un inédit de Jean Sénac *Heures de mon adolescence*, Marseille, Éditions du Quai - Jeanne Laffitte, 10 septembre 1983, 168 p. Préface de Tahar Ben Jelloun. Essai suivi d'un journal intime.

Poésie au Sud. Jean Sénac et la nouvelle poésie algérienne de langue française, Marseille, Archives de la Ville de Marseille, 1983, 152 p. Catalogue de l'exposition (22 septembre - 22 octobre 1983) à l'occasion des Rencontres internationales Jean Sénac des 22-24 septembre 1983 à Marseille.

Le Soleil fraternel. Jean Sénac et la nouvelle poésie algérienne d'expression française, Marseille, Éditions du Quai - Jeanne Laffitte, 15 mars 1985, 164 p. Actes des Rencontres internationales Jean Sénac des 22-24 octobre 1983 à Marseille.

Rabah Belamri, *Jean Sénac, entre désir et douleur*, Alger, OPU (collection « Classiques maghrébins »), 1989, 132 p. Essai et choix de textes.

Jamel-Eddine Bencheikh - Christiane Chaulet-Achour, *Jean Sénac, clandestin des deux rives*, Biarritz, Seguier-Atlantica, 15 mars 1999, 153 p. Hommages, études et correspondances inédites.

Michel del Castillo, « Algérie, l'extase et le sang » (*Une répétition*, pièce en trois actes précédée d'une « Lettre ouverte sur la censure » et suivie d'un essai, *Jean Sénac, la chimère du corps total*), Paris, Stock, septembre 2002, 234 p.

Émile Temime et Nicole Tuccelli, *Jean Sénac, l'Algérien-Le poète des deux rives*, Paris, Éditions Autrement (collection « Littératures »), août 2003, 157 p. Préface de Jean Daniel.

Pour Jean Sénac, Alger, Centre culturel français - Éditions Rubicub, août 2004, 432 p. Essais, témoignages, documents inédits.

Hamid Nacer-Khodja, *Albert Camus-Jean Sénac ou le fils rebelle*, Paris-Alger, Paris-Méditerranée-Edif 2000, septembre 2004,186 p. Essai suivi de correspondances. Préface de Guy Dugas.

Yves Jeanmougin, *Algériens, frères de sang ; Jean Sénac lieux de mémoire*, Marseille, Éditions Métamorphoses, septembre 2005, np (94 p.). Album iconographique. Préface de Leila Sebbar.

Hamid Nacer-Khodja, *Sénac chez Charlot*, Pézenas, Domens (collection « Méditerranée vivante / Essais), août 2007, 80 p.

Max Leroy, *Citoyen du volcan. Épitaphe pour Jean Sénac*, Lyon, Atelier de création libertaire, juin 2013, 192 p.

B – Revues

Awal, «*Spécial Jean Sénac*», Paris, n° 10, 1993, 224 p. Essais, témoignages, documents et inédits de Sénac (sous la direction de Rabah Belamri).

Celaan, «*Jean Sénac : Poète du Soleil/Poet of the sun*», New York, volume 7, n° 3, 2009, 188 p. Essais, témoignages, documents et inédits de Sénac (sous la direction de Hédi Abdel-Jaouad). En français et en anglais.

Algérie Littérature / Action, «*Spécial Sénac*», Paris, n° 133-136, septembre-décembre 2009, 126 p. Textes en prose de Sénac (rares ou inédits) et articles sur son œuvre (sous la direction de Hamid Nacer-Khodja et Marie Virolle).

Algérie Littérature / Action, Paris, n° 157-162, septembre-décembre 2012, 159 p., spécial «*Cinquantenaire de l'indépendance algérienne : 1962, frère parmi les frères, dans les pas de Jean Sénac*».

C – Autres publications

Jamel-Eddine Bencheikh, *L'Homme-poème Jean Sénac*, Arles, Actes Sud, 1983, 24 p., poème.

Abdellatif Laâbi, *Le dernier poème de Jean Sénac*, s. l. (Paris), Les petits classiques du grand Pirate, 1989, livre-dépliant, poème. Tirage numéroté à 450 exemplaires dont 30 ornés d'une sérigraphie. Traduction en arabe : «At Tabyine», n° 1, Alger, Éditions El Djahidia, 1990, pp. 64-68.

Ghaouti Faraoun, *Lettre à Jean Sénac*, Châtillon-en-Diois, s. d. (1996), à compte d'auteur, 4 p. Illustration de Denis Martinez. Tirage numéroté à 50 exemplaires.

Nous sommes à l'orée d'un univers fabuleux, Genève, FOR Compagnie Hervé Loichemol, 2004, 20 p. Plaquette éditée à l'occasion du spectacle théâtral du même nom, avec divers textes de Michel Beretti et Hervé Loichemol.

Hélios Radresa, *Tombeau de Jean Sénac*, Paris, Publibook, 2010, 68 p. Poésie.

D – Publications ronéotypées

« Jeunesse » (publication scolaire), Birkhadem, n° 5, mai 1966, 16 p. « *Jean Sénac* » (Notice bibliographique, trois questions d'une élève, réponses du poète, jugements sur son œuvre et extraits de poèmes), pp. 2-3.

« La nouvelle poésie algérienne (1964-1971) », Association culturelle française de Blida, 26 novembre 1971, 10 p. Texte de présentation de Jean-Pierre Péroncel-Hugoz à une conférence de Jean Sénac.

« Bureau culturel de la JFLN de Médéa », avril 1975, 21 p., « Jean Sénac »

* « *Jean Sénac ou le relais de l'espérance* » (A. Kaouah, texte repris de la revue *Echabab*, Alger, n° 176, 6-12 février 1975, p. 12).

* « *Le mortier de braise* », par Guy Meyra.

* Choix de textes.

II – OUVRAGES RENFERMANT
UN CHAPITRE SUR JEAN SÉNAC

René Char, *Recherche de la base et du sommet*, Paris, Gallimard (collection « Blanche »), seconde édition, 1965, 234 p. Essai intégrant, entre autres, l'avant-propos de *Poèmes* (Paris, Gallimard, collection « Espoir » dirigée par Albert Camus, 1954). Texte non repris par l'auteur dans la troisième édition de l'essai (même éditeur, même collection, 1971) ni dans les *Œuvres complètes* (même éditeur, « Bibliothèque de la Pléiade », 1983).

Jacqueline Lévi-Valensi – Jamel Eddine Bencheikh, *Diwân algérien*, Alger, SNED, 1967, 258 p. Étude critique et choix de textes. « Jean Sénac », pp. 177-196.

Issac Yetiv, *Le thème de l'aliénation dans le roman maghrébin d'expression française, 1952-1956*, Sherbrooke, CELEP, 1972, 248 p., essai. « *Un poète engagé : Jean Sénac* », pp. 66-67, paragraphe inclus dans le chapitre « Albert Camus : une aliénation socio-politique », pp. 55-67.

Jean Déjeux, *Littérature maghrébine de langue française,* Sherbrooke, Éditions Naaman, 1973, 496 p., essai. « Jean Sénac ou le soleil fraternel », pp. 332-355.

Serge Brindeau (sous la direction de), *La Poésie contemporaine de langue française depuis 1945*, Paris, Éditions Saint-Germain-des-Prés/Bordas, 1973, 930 p., essai. Jean Déjeux, « Le soleil sous les armes : Jean Sénac », pp. 640-645.

G. Toso Rodinis (sous la direction de), *Le rose del deserto. Saggi e testimonianze di poesia magrebina contemporanea d'espressione francese*, Bologne (Italie), Patron Editore, 1978, 360 p. Étude critique. G. Toso-Rodinis, « Jean Sénac, una ricerca d'espressione poetica », pp. 159-241. En italien.

G. Toso Rodinis (sous la direction de), *Le rose del deserto. Anthologia della poesia magrebina contemporanea d'espressione francese*, Bologne (Italie), Patron Editore, 1978, 373 p. G. Toso-Rodinis, « Jean Sénac », pp. 135-193. Introduction en italien et choix de textes en français

Yvonne Llavador, *La Poésie algérienne de langue française et la guerre d'Algérie*, Lund (Suède), CWK-Gleerup, 1980, 208 p., essai. « Un manifeste poétique : le soleil sous les armes », pp. 15-25.

Guy Daninos, *Aspects de la nouvelle poésie algérienne de langue française*, Sherbrooke, Éditions Naaman, 1982,

72 p., essai (sur l'œuvre de Jean Sénac et la nouvelle poésie algérienne).

Jean Breton, *Chroniques sur le vif (1952-1980)*, Paris, Éditions Saint-Germain-des-Prés (collection « Les Cahiers de poésie 1 », n° 5), 1982, 267 p., essai. Sur Sénac, pp. 239-245. Reprise des introductions au poète parues in *Poésie 1*, Paris, n° 21, janvier 1972 et *Poésie 1*, Paris, n° 76-78, juillet-août 1980.

Serge Brindeau et Jean Breton, *Poésie pour vivre*, Paris, Le Cherche-Midi éditeur, 1982, 162 p., essai. Notice sur Jean Sénac, p. 146. Reprise de la notice in *Le Magazine littéraire*, n° 47, décembre 1970.

J. Déjeux et D.-H. Pageaux (sous la direction de), *Espagne et Algérie au xxe siècle. Contacts culturels et création littéraire*, Paris, L'Harmattan (collection « Récifs »), 1985, 240 p., essai. Jean Déjeux, « Le Diwân espagnol de Jean Sénac », pp. 179-187, et Rabah Belamri, « Federico Garcia Lorca-Jean Sénac : influences et convergences », pp. 189-206.

Guy Dugas, *L'Écriture colorée : théorie et pratique* (*sur l'écriture colorée chez Albert Memmi et Jean Sénac*), « Annuaire de l'Afrique du Nord 1986 », Paris, Éditions du CNRS, 1988, pp. 979-981.

Le culture esoteriche nelle letterature francofone, Pavie, Schena, 1988, 380 p. Giuliana Toso Rodinis, « "Les gens d'ailleurs", l'esoterismo in "Alger, ville ouverte" di Jean Sénac », pp. 245-262. En italien.

Maria Teresa Puleio (sous la direction de), *Letterature e civiltà nei paesi africani di lingua francese*, Catania (Italie), CUECM, 1990, 495 p., recueil d'études. Giuliana Toso Rodinis, « Il sogno andaluso di Jean Sénac », pp. 451-482. En italien et en français.

Charles Bonn (sous la direction de), *Poétiques croisées du Maghreb*, Paris, L'Harmattan (collection « Itinéraires et contacts de culture », n° 14-1991) et Centre d'études littéraires francophones – Université Paris-Nord, 1991,

208 p. Christiane Achour, «Parcours dissidents (Greki, Pélégri, Sénac)», pp. 18-25.

G. Cerina, M. Domenichelli, P. Tucci, M. Virdis (sous la direction de), *Metamorfosi Mostri Labirinti*, Rome, Bulzoni, 1991, 344 p., recueil d'études. Giuliana Toso Rodinis, «Il Labirinto interiore di Jean Sénac», pp. 299-341. En italien.

Mostefa Lacheraf, *Littérature de combat. Essais d'introduction : étude et préfaces*, Alger, Éditions Bouchène, 1991, 144 p., recueil de préfaces. «Une Algérie méditerranéenne à l'opposé de l'Algérie de Camus», pp. 17-22 (reprise, sous ce titre, de la préface de *Matinale de mon peuple*).

Benouda Lebdaï, *Chroniques littéraires (1990-1993)*, Alger, OPU, 1994, 334 p. Recueil d'articles parus dans le quotidien algérois *El Watan*. «Jean Sénac mémoire et histoire», pp. 255-258 (sur «Ébauche du père»).

Rachid Boudjedra, *Lettres algériennes,* Paris, Grasset (collection «L'autre regard»), 1995, 205 p., essai. «Lettre 10» (sur Jean Sénac), pp. 71-75. Réédition : Paris, Le Livre de poche, 1997, pp. 43-45.

Assia Djebar, *Le Blanc de l'Algérie*, Paris, Albin Michel, 1995, 208 p., essai. «Procession 2» (sur Jean Sénac), pp. 152-153.

Immaculada Linarès (sous la direction de), *Littérature francophone*, Valencia, 1996, 246 p. Giuliana Toso Rodinis, «La plaie mauresque de Jean Sénac (Ébauche du père)», pp. 203-217.

Hédi Abdel-Jaouad, *Figures de Barbarie, les écrivains maghrébins et le surréalisme*, New York-Tunis, Les Mains secrètes, 1998, 251 p. «Jean Sénac ou le surréalisme solaire», pp. 166-180.

Blanche Balain, *Mémoire, un poème et trois textes pour Jean Sénac, Albert Camus et Emmanuel Roblès*, Antibes, la Tour des Vents – Pierre François Astor éditeur, 1998, 43 p. (reprise, sous ce titre – outre des articles sur Albert

Camus et Emmanuel Roblès –, de la correspondance de l'auteur avec Jean Sénac publiée in *Awal*, *op. cit.*).

Charles Bonn (sous la direction de), *Nouvelles approches des textes littéraires maghrébins ou migrants* (collection « Itinéraires et contacts de culture », n° 27-1999), Paris, L'Harmattan, 1999, 206 p. Rafika Lassel, « Le graphisme comme procédé d'illusion chez Jean Sénac », pp. 147-151.

Guy Dugas (sous la direction de), *Emmanuel Roblès et ses amis*, Montpellier, Université Paul-Valéry, 2000, 274 p. Hamid Nacer-Khodja, « Un peu d'eau pure au milieu de la tourmente. Emmanuel Roblès et Jean Sénac », pp. 231-243.

Françoise d'Eaubonne, *La plume et le paillon : Violette Leduc, Nicolas Genka, Jean Sénac, trois écrivains face à la censure*, Paris, L'Esprit frappeur, n° 70, 2000, 144 p., essai. Sur Sénac, pp. 103-127.

Daniel Delas et Pierre Soubias (sous la direction de), *Le sujet dans l'écriture africaine,* Presses de l'Université de Toulouse, Toulouse, 2001, 286 p. Danielle Marx-Scouras, « L'algérianité de Jean Sénac », pp. 111-121.

Tassadit Yacine (sous la direction de), *Enracinement culturel et rôle des médiateurs au Maghreb : l'exemple de Rabah Belamri*, Paris, L'Harmattan, 2001, 166 p. Rabah Belamri, « Des enfants dans la nuit : Récurrence d'une image dans l'œuvre de Jean Sénac », pp. 83-92.

Claude Fintz (sous la direction de), *Du corps virtuel à la réalité des corps*, tome 1, actes du colloque « Corporéité, décorporéisation, virtualité, un état de la question du corps » de l'Université de Grenoble II, 7-9 décembre 2000, Paris, L'Harmattan (collection « Nouvelles études anthropologiques »), 2002, 324 p. Hugues Marchal, « Un vide en quête de corps : le texte creuset de Jean Sénac », pp. 99-116.

Montagnes, Méditerranée, Mémoire. Mélanges offerts à Philippe Joutard, Aix-en-Provence-Grenoble, Éditions Musée Dauphinois – Université de Provence, 2002.

Émile Temime, « Camus-Sénac ou la déchirure », pp. 291-302.

Pierre-Marie Héron (sous la direction de), *Les écrivains et la radio*, Actes du colloque international de Montpellier, 23-25 mai 2002, Université de Montpellier III-Institut national de l'audiovisuel, 2003, 416 p. Hamid Nacer-Khodja, « La critique radiophonique de Jean Sénac : essai de présentation analytique », pp. 75-103.

Rencontres méditerranéennes, *En commune présence : Albert Camus et René Char*, Bédée, Éditions Folle Avoine, 2003, 109 p. Jamel-Eddine Bencheikh, « Le poète qui creusa sa statue », pp. 23-28.

Robert Aldrich, *Colonialism and Homosexuality*, Londres, Routledge, 2003, 436 p. « Jean Sénac », pp. 375-396. En anglais.

Olivier Ammour-Mayeur, Yasmina Mahdi et Hervé Sanson (sous la direction de), *Parallèles et croisées*, préface de Mireille Calle-Gruber, Paris, L'Harmattan (collection « Espaces Limites »), 2004, 254 p. Hamid Nacer-Khodja, « Jean Sénac et la poépeintrie, du double à l'unité », pp. 135-162.

Poésie contemporaine des deux rives, Algérie-Belgique (sous la direction de Abderrahmane Djelfaoui), Alger, Fondation Mahfoud Boucebci, 2005, 183 p. Hamid Nacer-Khodja, « Luchino Visconti et Jean Sénac à Alger en 1966 », pp. 78-79.

Le sonnet au risque du sonnet (sous la direction de Bertrand Degott et Pierre Garrigues), Paris, L'Harmattan, 2006. Pierre Garrigues, « Les Leçons d'Edgard : Le sonnet comme désordre et loi chez Jean Sénac ».

Mohamed Lakhdar Maougal-Aïcha Kassoul, *The Algerian Destiny of Albert Camus, 1940-1962*, Bethesda (USA), Academia Press, 2006, 264 p. Sur les rapports Sénac-Camus : chapitre 4 « *Andalusian Memoir* », chapitre 5 « From Guernica to Kherrata », et chapitre 6 « *Sisyphus* and the Titan », pp. 79-108. En anglais, sur la relation Sénac-Camus, d'après une version française de 2001 non éditée.

C. Margerisson, Mark Orme *et al.* (sous la direction de), *Albert Camus in the 21st century*, Amsterdam-New York, 2008. Guy Dugas, « Camus, Sénac, Roblès : les écrivains de l'École d'Alger face au terrorisme », pp. 189-205.

Guy Dugas (sous la direction de), *La Méditerranée, de Audisio à Roy*, Houilles, Éditions Manucius (collection « Mémoires de la Méditerranée », 2008. Hamid Nacer-Khodja, « Sénac, Camus, Roy, Audisio, jusqu'où la fraternité ? », pp. 257-275.

Penser aujourd'hui à partir de Frantz Fanon (colloque des 30 novembre-1er décembre 2008), Éditions en ligne, Université Denis Diderot Paris VII, février 2008. Malek Bouyahia, « Braconniers en territoires intimes : Fanon et Sénac ou les appartenances critiques », 10 p.

Christiane Chaulet-Achour (sous la direction de), *Itinéraires intellectuels entre la France et les rives sud de la Méditerranée*, Paris, Karthala (collection « Lettres du Sud »), 2010. C. Chaulet-Achour, « Jamel-Eddine Bencheikh et Jean Sénac, l'Algérie comme lieu commun », pp. 87-110.

Jean-François Durand, Jean-Marie Seilland et Jean Sévry (textes réunis par), *Le Désenchantement colonial*, *Cahiers de la SIELEC* (Société internationale d'étude des littératures de l'ère coloniale), n° 6, Montpellier, Kailash Éditions, 2010, 503 p. Raid Zaraket, « École d'Alger et algérianisme : les désillusions coloniales à travers le débat identitaire et littéraire entre Jean Sénac et Albert Camus », pp. 50-258.

Thomas Augais, Mireille Hilsum et Chantal Michel (sous la direction de), *Écrire et publier la guerre d'Algérie. De l'urgence aux résurgences*, Paris, Éditions Kime (collection des « Cahiers de Marge », n° 7), 2011, 344 p. Laure Michel, « Jean Sénac et le rêve algérien », pp. 141-155.

Éric Sarner, *Un voyage en Algéries*, Paris, Plon, 2012, 326 p. Sur Sénac : pp. 40-51, 179-184, 313-314.

Guy Dugas (sous la direction de), *Emmanuel Roblès et l'hispanité en Oranie*, Paris, L'Harmattan, 2012. Hamid

Nacer-Khodja, « Jean Sénac-Emmanuel Roblès, Régionalisme littéraire et Hispanité », pp. 45-58 et Camille Tchéro, « Représentation du Père dans "Saison violente", d'Emmanuel Roblès et "Ébauche du père" de Jean Sénac », pp. 117-137.

Salah Guemriche, *Alger la Blanche, biographies d'une ville*, Paris, Perrin, 2012, 415 p. « Le soleil tue les questions », pp. 161-167.

Hamid Grine, *Sur les allées de ma mémoire*, Alger, Casbah Éditions, 2012. « Jean Sénac », pp. 210-212.

Amin Khan (directeur), *Présence de Tahar Djaout*, Alger, Barzakh, 2013, 223 p. Hamid Nacer-Khodja, « Tahar Djaout et Jean Sénac, entre mort et transfiguration », pp. 175-181.

III – TRAVAUX UNIVERSITAIRES

Claude Bouyssou-Rilli, *Images et symboles dans l'œuvre poétique de Jean Sénac*, mémoire de maîtrise, Paris-Sorbonne, 1971.

Laura Guillermi, *L'œuvre poétique de Jean Sénac*, mémoire, Barcelone, Faculté des lettres, 1974.

Yvonne Llavador, *La Poésie algérienne de langue française et la guerre d'Algérie*, Lund (Suède), CWK-Gleerup, 1980, 208 p., thèse de doctorat, Faculté des lettres de Lund, 1980. Un chapitre, pp. 15-25, « *Un manifeste poétique : le soleil sous les armes* », et quelques pages (49-52) sur *Poèmes* ainsi que d'autres aspects du poète.

Jean-Michel Godrie, *Jean Sénac, L'absence du père ou la naissance du Corpoème*, mémoire de maîtrise, Aix-en-Provence, Université de Provence, 1981.

Hedi Abdeljaoud, *Tendances surréalistes dans la littérature maghrébine d'expression française*, PH.D, Philadelphie, Temple University, volume 44, numéro 1, 1983, 316 p. Un chapitre « *Jean Sénac ou le surréalisme solaire* », pp. 151-194.

Jean-Michel Godrie, *Récurrences dans l'œuvre de Sénac*, doctorat de troisième cycle, Aix-en-Provence, Université de Provence, 1984, 406 p. + 77 p. (complément).

Emanuela Friso, *Le mythe chez Jean Sénac*, thèse de lauréat, Université de Padoue (Italie), 1985, 174 p., avec un complément, *Voyage sur le fil de la mémoire* (novembre 1985, Marseille-Cuers), 16 p.

Laura Prosdocimi, *La dialectique révolutionnaire chez Jean Sénac*, thèse de lauréat, Université de Padoue (Italie), 1985, 128 p.

Rafika Lassel, *De la poésie à la prose dans « Ébauche du père » de Jean Sénac : scission ou continuité*, DEA, Paris-13, 1995, 68 p.

Fifi Tolba Baba-Ameur, *L'inscription de l'inachèvement dans « La mort heureuse » et « Le premier homme » d'Albert Camus et « Ébauche du père » de Jean Sénac »*, DEA, Paris-13, 1996, 41 p.

Béatrice Mouriez, *Lyrisme et révolution dans la littérature algérienne : Kateb Yacine et Jean Sénac*, DEA, Paris IV-Sorbonne, 1996.

Hervé Sanson, *Altérités, Altérations chez Jean Sénac*, DEA, Paris VIII-Saint-Denis, 1998, 88 p.

Hamid Nacer-Khodja, *Jean Sénac-Albert Camus, entre littérature et politique*, DEA, Paris IV-Sorbonne, 2000, 130 p.

Fanette Lafitte, *Entre silence et langage : une poétique du chant dans l'œuvre de Jean Sénac*, DEA, Pau, Université de Pau et des Pays de l'Adour, 2001.

Hamid Nacer-Khodja, *Un itinéraire personnel : Jean Sénac critique*, thèse de doctorat en littérature française, Université de Montpellier III, soutenue le 4 juin 2005, 415 p.

Zoulikha Nasri, *L'écriture du morcellement identitaire dans « Ébauche du père, pour en finir avec l'enfance » de Jean Sénac*, Magister, Université de Béjaïa, 2005, 170 p.

Fanette Lafitte, *« Dans ce chant d'Arlequin, la Haute voix du cœur : Lyrisme et quête identitaire dans l'œuvre* poétique de Jean Sénac », thèse de doctorat en littérature française du XXᵉ, Université de Paris-Est Marne-la-Vallée, soutenue le 16 mai 2008, 562 p.

Camille Tchero, *Ébauche du père : portrait de l'absence du père*, Master II, Université de Montpellier III, septembre 2008.

Hania Akir, *Le nom propre dans l'œuvre de Jean Sénac, étude onomastique et approche textuelle*, thèse de doctorat « Sciences du langage », Université de Bejaïa, soutenue le 20 juin 2010, 374 p.

IV – JEAN SÉNAC, PERSONNAGE LITTÉRAIRE

Arnold Mandel, *Le Périple*, Paris, Fayard, 1972, pp. 166-168.

Christian Dedet, *Le Soleil pour la soif*, Paris, Julliard, 1978. Roman.

Serge Michel, *Nour le Voilé*, Paris, Éditions du Seuil, 1982, pp. 36, 98, 99, 105, 244. Roman.

Rabah Belamri, *L'Asile de pierre*, Paris, Gallimard, 1989, pp. 71, 142-146. Roman.

Ouassini Laâredj, « *Dhakiret El Maâ* » (« *Mémoire de l'eau* », en arabe) *in* « El Wakt » (« Le Temps », en arabe), Alger, nᵒ 77, 5-11 juin 1995, et Cologne, Éditions Dar El Gamel, 1997.

Daniel Prévost, *Le Pont de la révolte*, Paris, Denoël, 1995, p. 10 et Alger, Casbah Éditions, 1995, p. 10. Roman.

Yahia Bélaskri, *Le Bus dans la ville*, La Roque d'Anthéron, Vents d'ailleurs, 2008, pp. 72-74. Réédition : Alger, Apic, 2009. Roman.

Lamine Ammar-Khodja, *Le Soleil assassiné*, « Algérie Littérature / Action », Paris, nᵒ 129-132, mars-juin 2009, p. 74. Nouvelle.

Amin Zaoui, *La Chambre de la vierge impure*, Alger, Barzakh, 2009, pp. 74-81. Roman.

Hamid Nacer-Khodja, *Jumeau*, Paris, Marsa, 2012. Récit.

Table

SEPT POÈMES DE LÀ-BAS

GENÊTS MAIN PLAGE ET AUTRES MOTS

FORTIFICATIONS POUR VIVRE

L'ATELIER DU SOLEIL

DIWÂN DU MÔLE

DIWÂN DE L'INESPÉRANCE

DIWÂN DE LA CONSCIENCE
POPULAIRE

MARCHES D'HÉLIOS

POÈMES DIVERS

THÉORIE DU CORPOÈME

BIBLIOGRAPHIE

RÉALISATION : IGS-CP À L'ISLE-D'ESPAGNAC
IMPRESSION : NORMANDIE ROTO IMPRESSION S.A.S À LONRAI
DÉPÔT LÉGAL : OCTOBRE 2013. N° 113803 (133534)
Imprimé en France